遺言怪談
形見分け

西浦和也
加藤　一

竹書房
怪談
文庫

※本書は体験者および関係者に実際に取材した内容をもとに書き綴られた怪談集です。体験者の記憶と主観のもとに再現されたものであり、掲載するすべてを事実と認定するものではございません。あらかじめご了承ください。

※本書に登場する人物名は、様々な事情を考慮して一部の例外を除きすべて仮名にしてあります。また、作中に登場する体験者の記憶と体験当時の世相を鑑み、極力当時の様相を再現するよう心がけています。今日の見地においては若干耳慣れない言葉・表記が記載される場合がございますが、これらは差別・侮蔑を助長する意図に基づくものではございません。

まえがき

この夏「西浦和也《にしうらわ》さん、今度 僕と一緒に共著を出しませんか?」と加藤一さんからYouTubeのコラボ動画を撮っている最中に、お声をかけていただきました。

加藤一さんとは、私が『虚空に向かって猫が啼《な》く』でデビューする以前、二〇〇六年に発売の書籍版『北野誠怪異体験集 おまえら行くな。』で御執筆をお願いするより、更に遡ること二〇〇二年新宿で開かれたイベントでお会いして以来なので、既に二十年来のお付き合いをさせていただいています。

当時「怪談じゃ食べていけないから覚悟してね」と言う加藤さんの言葉を肝に銘じ頑張ってきましたが、昨今怪談がブームとなり、若手や扱うメディアも増え、イベントも毎週末どこかで行われ、昔では到底考えられない時代になりました。

そんな中、二年ほど前に入院した後は以前のようにパソコンで文章が打てなくなり、年に数話の寄稿がやっとでした。今回加藤さんの筆により、数年聞き貯めていた話をこのような形で発表することができ嬉しく思っております。

ここに、加藤一さん、並びに竹書房のスタッフの皆さん、そしてお話を提供していただいた多くの皆様に感謝いたします。

西浦和也

目次

内線電話

天野さんの職歴は多岐に亘るが、最初の頃は京都で電気工事士の仕事をしていた。

勤め先の事務所の社屋は自社ビルで、古参社員によれば「バブルの頃は景気が良かったんや」と。

儲かって儲かって仕方がなかった頃にぽんと建てたビルで、以前は二、三階を事務所として使っていた。今は往事ほどには仕事も人もいないので、事務所は二階のフロアのみとし、三階は閉鎖している。

地下一階には所長室と会議室、それとシャワー室がある。

シャワー室はともかく、所長室など誰も寄り付かないし、会議室を使った本格的な会議など本社から偉い人が来たときくらい。せいぜい、年に一回程度である。

故に、特に用事も発生しないので、地下室自体誰も近寄らない。

覚えることも多く日々多忙であまり眠れなかったこともあって、現場から事務所に帰ってくるとついうとうとしてしまい、事務所では居眠りばかりしていた。

「会社は寝るところやないねん！」

〈寝るなら家に帰ってからにしろ！〉と、上司から至極正論で叱られて、天野さんの席は廊下から見える場所に変えられた。

その日も現場から事務所に戻ってきた天野さんは、眠気を噛み殺しながら日報を書いていた。

と、先輩が廊下側から覗き込んできて、

「いつまでチンタラやってんねん。飲み行こうや」

「はあ、でもこれ今日中に書かないと」

「日報なんか明日でええやんか。朝早めに来てちゃちゃっとやればええやん」

そこまで器用なことができる自信はまだない。

今日できる仕事は今日のうちに済ませろ、と上司からは言い含められている。

「やっぱり、これやっちまいます」

「真面目か。まあええわ。気ィ向いたら来いよ！　いつもの店おるで！」

先輩は行きつけの店の名前を告げて、出ていった。

暫くすると、事務所の内線が鳴った。
プルルル――、プルルル――、プルルル――、
誰も受話器を取らない。
というより、気付けば社内に残っているのは天野さん一人だけである。
誰が。何処から。
受話器を取ろうと立ち上がりかけて、手が止まった。
発信元は地下。
所長室である。
内線は一頻《ひとしき》り鳴って、止まった。
所長室は無人のはず、である。
プルルル――、プルルル――、プルルル――、
逡巡《しゅんじゅん》するうちに、また鳴り出した。
同じく所長室から。
見に行くべきかとも思ったが、所長室はそもそも使われていないはずだ。

前所長が、所長室で亡くなっていたのだそうで、地下ということもあって発見が遅れた、とか何とか。縁起が悪いと言って今の所長のデスクは二階に置かれている。

本当は縁起が悪いから、ではなく「怖いから」なのでは。

所長以外誰も来ない地下、前任者が孤独死した場所に留め置かれるというシチュエーションは、気味がいいものではない。

悩むうちに、切れた。

プルルル――、プルルル――、プルルル――、
三度、内線が鳴り始める。

またも所長室か――？

と、思ったら、今度は三階からである。

三階は閉鎖されている。施錠もされている。

もうダメだ。日報は明朝にしよう。

先輩の言う通りにすべきだった。

プルルル――、プルルル――、プルルル――、
あたふたしているうちに、また鳴った。

再び所長室からである。

天野さんは意を決した。

地下に下りる階段を歩く。足音を忍ばせてそろりそろりと向かうと、暗い廊下の先にある所長室のドアが、薄く開いていた。

防災用に備え付けられていた懐中電灯を点け、生唾を呑み込んで所長室の中を照らす。

所長のデスクの上に置かれた内線がチカチカと点滅している。


「ばあっ！」

背後から先輩が飛び出してきた。

＊

「いいですか、もう絶対に、絶対に、絶対にやめて下さい。本当にやめて下さい」

会社近所の行きつけの店で先輩とサシで飲みつつ、天野さんはこれ以上ないほどに恨みがましく言った。

「そらまあ、前所長と面識はないですけど、あそこで亡くなった話は僕かて聞いてます。そんなん、所長室から内線とか、もう絶対に何か出てるんかな、って思うやないですか」

先輩は中生のジョッキを傾けつつ、へらへらと笑った。

「いやあ、天野が何か真面目に頑張ってはるから脅かそうと思て」

「そうやって、人を試すようなことせんといて下さい。あと、アレや。三階から内線掛けてくるのとかもやめて下さい。所長室はまだ分かりますけど、三階から内線とかあれどうやったはるんですか。三階て、施錠されてて中入れないんでしょ？　何か裏技でもあるんですか？」

「何て？」

ジョッキを持つ先輩がぴくりと動きを止めた。

「せやから、三階」

「俺、三階とか知らんで」

「またまたあ」

「いや、行ってない。内線は、その端末あるところからしか掛けられへんやん。三階の内線は閉鎖したはる《してある》部屋ん中あるからそん中入らんと使われへん。大体お前、俺が三階行こう思たら、絶対にお前に見つかるやろ」

天野さんの席は廊下から見えるところ。

つまり、天野さんからも廊下を通る人は丸見えになる。

先輩が地下一階から三階に行くには、必ず天野さんの視界を横切ることになる。

だが、先輩の姿を見た覚えはない。

よしんば先輩がいたのだとして。あの短時間に、所長室と施錠された三階を移動してそれぞれの内線を鳴らすなどできようはずがない。


二人とも酒の味も肴の味もしなくなってきたので、全て切り上げて帰った。

日報は翌日早めに出社して書いた。

あの会社、古参の社員があまり夜に残らないのは、もしかしたらあれを知っているからなのでは――とは思ったが、確かめる機会はなかった。

旧校舎と新校舎

その頃、天野さんの会社は、地元・京都の少し大きな事業に関わっていた。

老朽化した府立高校・附属中学の校舎の建て替え事業である。

建て替えと言っても更地から入る訳ではなく、まずは旧校舎の解体から始めなければならない。

これが、小さな雑居ビルやら木造戸建ての家屋程度のものなら、一切合切を油圧ショベルで取り壊して終わるところだ。しかし、そこそこ大きな鉄筋コンクリートの建築物となるとそうもいかないので、丁寧な解体工程が必要になる。

また、学校校舎ともなると、それなりに長い工期になる。粉塵や騒音など近隣に与える影響は小さくないし、何より学生の授業に影響も出てしまう。

そこで、解体工事は長期休みに入る時期を狙って進められた。

まずは、解体業者が入ってその準備に当たる諸作業を進めていく。建物内部の工作物を剥がしたり、教室の扉を外したりといったものだ。これらは概ね日の明るい時間帯の作業になるので、彼らは日没前には仕事を終えて帰る。

夏の日没は遅いとはいえ、夕飯時近くまで解体作業員が頑張ったあと、漸く電気工事業者の担当する解体作業が始まるのである。

校庭の一角を占める旧校舎は、A棟、B棟、C棟と呼ばれる三階建ての校舎が、それぞれコの字型に組み合わさった形をしていた。大きな事業であるので、地元の会社が何社も入っており、天野さんの会社はこのうちC棟を担当していた。

解体予定の校舎内から蛍光灯を下ろし、電気設備を外し、廊下や教室に張り巡らされた電線を剥ぎ取って、教室入り口のスイッチボックスを取り外す。設備が古すぎるので、およそリサイクルは難しそうだが、こうした工事では下手な手抜きは許されない。

解体瓦礫《がれき》は産業廃棄物になるが、電線やビニールなどをあらかじめできるだけ剥ぎ取っておいて、産廃分別の手間を減らそうという訳だ。

何処にどういうものがあって、外さねばならないものは何で、というような見極めは電気工事資格を持った電気工事士の仕事になる。

既に配電盤からの給電はないので、ポータブル発電機を回して光源を確保しつつ、電気関連の解体工事を進めていく。

日が落ちて暫く経っても、蓄熱した夏の鉄筋コンクリート校舎内は猛烈に暑い。

エアコンなどの空調設備は真っ先に下ろしてしまったので、教室と廊下の窓を全開にして少しでも外気を取り込むようにしているが、外気温も室温も大差ないので入ってくるのは蒸した温風に過ぎない。それでも、空気の動きがあるだけ幾らかましと言ったところだろうか。

天野さんは先輩と二人でうだるような暑さの中、解体工事を進めた。

「天野ー。今日はもうええやろ。ぼちぼち終わりにしよか」

夕方五時くらいから作業を始めて夜の十時になろうという頃に、先輩が音を上げた。ちょうど区切りもいいし、全身汗だくになっていたし、今日はもう終わりにして何処かの店で冷たいビールを引っかけたい。天野さんもそんな気持ちで一杯だった。

「そっすね。片付けますか」

一階の天井を担当していた天野さんが脚立を下り、工具を戻して除去した電線類をまとめていると、先輩がこんなことを言い出した。

「なあなあ、ゲームしようや」

「ゲームぅ？」

「せやで。今から、よーいドンで窓閉めんねん。お前は二階。俺は三階や。一階からやったら、二階のほうが近いから、お前にはハンデくれたるわ。で、早く終わらせて一階まで戻ってきたほうが勝ち」

「それ、勝ったらエエことあるんすか」

「負けたほうが夕飯を奢《おご》る、とかでどないや」

夜の校舎は無人になるが、空き巣が狙うような貴重品はもう残っていない。

とはいえ、幾つかの工具が置かれているし、開けっぱなしの窓から雨風が吹き込むようなことがあっても困るので、戸締まりはせねばならない。

そして、教室と廊下、窓の数は結構ある。

先輩は天野さんの返答を待たずに叫んだ。

「じゃあほら、行くで。よーいドン！」

言われて、つい反射的に身体が反応し、天野さんは二階に上る階段に向かってダッシュした。

暗い階段を駆け上がり、廊下へ。

室内に明かりはないが窓の外から街明かりが差し込み、何となくは見渡せる。
まず、手前の廊下の窓を閉める。
教室一つ分閉めたら今度は並びの教室へ飛び込み、教室の窓を閉める。
クレセント錠をパチパチと閉めて、再び廊下へ飛び出す。
再び次の廊下の窓を閉める。
と、廊下の突き当たりのほうから、先輩の足音が聞こえてきた。
ズックを引きずって廊下を走り、階段を駆け下りてくる。
「うっ、もう終わったんか。さすがに先輩早いな」
負《ま》け確《かく》か、と落胆しつつも廊下側の窓を閉め、教室に飛び込む。
先輩の足音が近付いてくる。
教室の窓を閉めて再び廊下に飛び出した。
暗がりに足音が響いているのだが、先輩の姿はない。
天野さんが廊下に飛び出したのと入れ替わりに、足音は教室の中から聞こえてきた。
チラリと見たが、教室に先輩の姿はない。
次の教室に飛び込むと、足音は廊下から聞こえてくる。

窓を閉めながら廊下に目を遣ったが、先輩の姿はない。

天野さんがまた次の教室に入ると、やはり足音は廊下に移る。

窓を開け閉めするたびに、足音だけが付いてくるのである。

暗がりで見えないが、どうやらこれは先輩にからかわれているような気がする。

そういうことをする人なのだ。

とりあえず、二階の廊下と教室の窓を全て確認し終えた天野さんは、そのまま一階まで階段を下りると、暗い廊下をダッシュしてスタート地点に走った。

最初に作業していた場所まで戻ってくると、先輩が誰かと電話しているところだった。

「ええ、ハイ。もう終わりましたんで。今日はもうこれで、ハイ。お疲れ様でした」

どうやら会社に業務報告の連絡を入れていたようだ。

「先輩、早かったっすね」

「あー、すまんすまん。今、社長と電話しよった」

「窓閉め、もう終わったんすか？」

「いやいや、それがやな。よーいドンつった直後に社長から電話来たから、俺まだ三階行ってへんのよ。お前、もう終わったんやろ？　ゲームはノーカンでエエか？」

――えっ？

先輩の返答に天野さんは驚いた。

「嘘でしょ？　俺さっき、三階から下りてくる先輩の足音聞いたんすけど」

「嘘やろ？」

二人は顔を見合わせた。

先輩でないなら不審者かもしれない。足音は三階から二階へは下りてきたが、二階から一階には付いてこなかったから、誰かいるとしたらまだ二階より上の何処かだろう。

念のため、施錠前の確認ということにして、天野さんと先輩は階段を上って二階を確かめたが、二階には誰もいなかった。

用心して三階も確かめたが、やはり三階も無人だった。

三階の窓は開けっぱなしのままだったので、二人で全て閉めた。

窓締めの手伝いの礼だと言って、先輩は晩飯を奢ってくれた。

＊

あの後すぐに古い校舎の解体が済んで、新しい校舎の建設が始まった。

急ピッチで進められた新校舎が建ったのは、冬も深まった頃のことだ。

新校舎の躯体《くたい》工事が進んで、電気工事業者の分担作業が始まった。天野さん達の仕事は配電、電灯設置、その他電気工事全般である。解体工事とは逆に、配線など電気工事を済ませなければ内装に掛かれないため、今度は作業の進みをせっつかれる側になる。つまりは、またしても夜間工事である。

その日、天野さんは一人残って作業をしていた。

京都の夏は暑く、そして冬は寒い。エアコンの稼働していない校舎内はしんしんと冷え込んで、防寒着を着込んでいても寒さが堪える。

別棟を担当している他社の作業員達も帰ってしまったようなので、天野さんは区切りのいいところで仕事を切り上げることにした。

工具を片付けて帰り支度をしていたとき、ふと中庭が視界に入った。

新校舎はP字型に配置されていた。Ｐの中央部分はシンボルツリーを中心に据えた中庭になっており、校舎がそれをぐるりと取り囲む構造だ。

その中庭に、人影があった。

外灯もまだ設置されていない暗い中庭を通る廊下に、女がいる。

金髪の女。

「……誰だ？」

声を掛けるには遠い。

近かったとしても、あまり誰何《すいか》したくない。

女は立ち尽くしていた。

妙に背の高い女だった。

肩幅や体格は十人並みだとは思うのだが、背が高い。その上背の高さに何処かちぐはぐさを感じる。

そうか。背が高いのではなく、細長いのだ。

頭一つ分くらい、首が長い。それが女の印象を歪めているのだ、と気付いた。

明かりのない暗い中庭であるのに、そしてそこまで距離もあるのに――女だと分かり、髪が金髪だと分かり、首の長さまでもが分かるのは何故なのか。

答えが出る前、不意に女は動いた。

歩いたのではなく、動いた。

地面をつるりと滑った。
身体が上下動することはなく、腕を左右に振ることもない。
足を繰り出す動作はなく、その長い首を動かすこともない。
突っ立った姿勢を崩すことなく、細長い女が中庭を滑るように横切っていく。
ヤバい、と思った。

天野さんは校舎から逃げた。
施錠どころではなかったが、そのことは会社には報告しなかった。

聞いてたよね？

名古屋に引っ越してから、天野さんは宅配の営業所まで電車で通勤していた。

仕事で配送トラックを運転するものの、配属先の営業所には自家用車を駐めておく場所もなかったので、電車通勤が都合が良かった。

通勤時間の過ごし方は人それぞれだ。一昔前なら文庫本を広げる者、小さく畳んだ新聞を器用に折り変えて読む者など様々あったが、スマホを弄《いじ》るか、携帯ゲーム機辺りが主流になって久しい。イヤホンで音楽を聴く者は昔からいたが、昨今は耳で聞くコンテンツも随分多様になったようで、天野さんの場合は専ら怪談朗読が通勤の供になっていた。

車内吊り広告をぼんやり眺めながら出入り口付近の吊り輪に掴まって揺られていると、反対側のドアに立っていた中年男が、自分をジッと見ている。

思わず視線が泳いだが、その男は構わず天野さんを見つめていたようで、避けきれず目が合った。

すると、男は手招きした。

（えっ？　俺？）

と、自身を指さすと、男はこくこくと頷《うなず》き、明確に「こちらに来い」と促してきた。

天野さんが近付くと、男はその耳元にだけ届くように小声で言った。

「兄ちゃん、今、怪談聞いてたよね？」

「えっ、ハイ」

（イヤホンから音漏れしてたかな。気を付けていたつもりだったんだけど）

男は僅かに眉を上げると、〈そうかそうか〉と頷き、小声で続けた。

「後ろに女がいるよ」

（えっ？　女？）

思わず背後を振り向いた。

女はいない。戸惑い、車両内を見渡すも女の乗客はいない。

中年は、なおもひそひそ声で、

「気を付けたほうがいいよ」

と、何か重大な秘密をこっそり打ち明けるかのように言うと、次の駅で降りていった。

恐らく怪談を聞いていた音がイヤホンから漏れていたのだろう。

だからきっと、担がれたのだ。

宅配というのは孤独な仕事である。

大抵の小荷物は、客先に届けるのにドライバーを兼ねる配達員が一人いれば足りてしまうからだ。

自然、移動中や積み卸しの最中など誰とも口を利くことなくワンオペで作業に従事する機会が圧倒的に多い。営業所に同僚といるときを除けば配達先で口を開くくらいだが、それだって「お届け物です」という程度で済んでしまう。

このため、移動中にラジオを点けていたり、こっそり音楽を聞いていたりもするのだが、天野さんは怪談朗読派であったので、通勤中と同じく仕事中も怪談を聞き流していた。

「お届け物です」

配達先の玄関チャイムを鳴らして住人が出てくるのを待つ。

現れたのは自分の母親くらいの年齢の「おばちゃん」という雰囲気の女性。

「こちら、お荷物で……」

と荷物を手渡そうとしたところ、おばちゃんは天野さんの言葉を遮って言った。

「怪談聞いてる？」

（えっ？）

通勤中のこともあったので、音漏れを意識して大分音量を絞っていたはずだが。

おばちゃんはなおも続けた。

「聞いてるよね？　後ろに女いるよ。気を付けたほうがいいよ」

（えっ、また？）

思わず後ろを振り向いた。

女はいない。


（……何かもう、やだ。疲れた）

今日も仕事そのものは順調だったと思うのだが、通勤中のアレといい、仕事中のアレといい、そういうからかいが流行っているんだろうか。自分の知らないコミュニティで鉄板のジョークでもあるのか。

疲れる仕事ではあるが、仕事以外の理由で疲れが増すのは堪らない。こんな日はリフレッシュが必要だ。ということで、行きつけのタイ式マッサージを訪ねた。

マッサージ嬢にフルコースを頼んで、漸く人心地付いた、その後のこと。

着替えて荷物を抱え、帰り支度を済ませて耳にイヤホンを突っ込む。

さて、と立ち上がったところで、嬢に呼び止められた。

「お客サン、怪談聞いてるヨネ？」

（えぇっ？）

タイ人の嬢は眉を顰《ひそ》め、小声になった。

「後ろに女いるヨ。気を付けたほうがイイヨ」

後ろって。

女って。

振り向いてもどうせいないんだろう。どうせ。そこには。誰も。

女は、いなかった。

何だ。何なのだ。

電車のあの中年男、配達先のおばちゃん、それからマッサージ嬢。

「怪談を聞いてるよね？」

「後ろに女がいるよ」

「気を付けたほうがいいよ」

年齢も、性別も、何なら国籍も違いそうな三人から、寸分違わぬ忠告を受けた。

＊

「……っていう話を聞いたんですよね」

「へぇ」

西浦和也さんからこの話を聞いた僕（加藤）は、同業者として気になったことがあった。

「それで、その方が聞いてた怪談ってどういう話だったんですか？」

「ああそれ。別々の話じゃなくて、全部同じ話を聞いてたときだったらしいですよ」

ほほう。〈聞けば必ず、見ず知らずの人に警告を受ける怪談〉なんて、なかなかない。

僕としては、怖いので聞きたいとはあまり思わないが、何の話かくらいは知っておけば、それをうまいこと避けて逃げられそうな気がする。

「ハハハ。何言ってんですか。加藤さんも知ってる話ですよ」

「え、何処だろ」

「京都の幽霊マンションですよ」

ああ。あの。太秦《うずまさ》の。

北野誠さんの『おまえら行くな。』で書いた、アレか。

そうか。じゃあそういうこともあるか。

コンビニの駐車場

宅配便の荷物は朝九時から配達し始めるのだが、宅配業者の始業はそれより早い時間である。そこは天野さんも同様だ。

出勤せねばならず、仕分けされた荷物を配送トラックに積み込まねばならず、そして朝九時頃ともなると、通勤の渋滞が始まる時間帯でもある。ヨーイドンで街中の営業所を朝九時に出発しようものなら、たちまち身動きが取れなくなってしまう。

このため、渋滞を避けて早めの時間に営業所から出発しておき、配達開始までの間、コンビニの駐車場などで待機する。

車内で軽い朝食を摂《と》り、ソシャゲのデイリーを済ませたり、ちょっとした日課を片付けたり、或いは出発直前までの僅かな時間、仮眠を取ったりもする。

ロードサイドのコンビニの駐車場はそこそこの広さがあるが、さすがに気まずいので、駐車場の片隅のほうに駐めて、運転席で目を閉じた。

――コンコン。

窓を叩く音がした。

「……あっ、ハイ。すいません！」

寝ぼけて天野さんは反射的に謝った。

コンビニ側からクレームを付けられたのでは、と思ったのだ。

窓の外に人影はない。

駐車場の片隅から店舗まで割と距離があるが、戻っていく姿もない。

寝ぼけたかな、と改めて寝直した。

――コンコン。

ガバッと飛び起きた。確かに窓を叩く音だったが、やはり誰もいない。

これは場所が悪いのではあるまいか。

例えば、道路から小石が飛んでくるスポットだとか、鳥が木の実をジャストミートさせるスポットだとか、そういう理由があるのかもしれない。

そこで駐車場所を変えてみた。

同じコンビニの同じ駐車場内だが、駐める場所を何度か変えてみたものの、やはり〈コンコン〉と窓を叩かれる。

しかも朝食や日課の折には何事もなく、仮眠を取ろうとすると起こされるのである。悪意に溢れている。

これは車体に何か仕掛けられているか、車体に何か問題があるのではあるまいか。

そう考えた天野さんはトラックを降り、窓を確かめ、屈んで車体の下を覗いてみたりしたが、異変らしきものはどうにも分からない。

困り果てていると、声を掛けられた。

「何してんの?」

コンビニの袋を提げた部屋着姿の中年男に問われて、天野さんは頭を掻いた。

「いや、何かトラックの外から音が聞こえるので、何かあるのかなって調べていまして」

「あーあー」

中年男は頷いた。

「コンコンって窓叩かれたんだろ? ここね、トラック駐めてるとよくあるらしいよ。何だろうね。ああでも、駐めるならあっち側に駐めるといいよ」

半信半疑で礼をして、トラックを移動させた。

すると、確かに音はしなくなった。

そういえば最初に駐めていた場所は、いつ行っても空いていた。

どんなに混んでいるときでも、すぐに駐められるので便利に思っていたが、ここを頻繁に使う連中や近所の人々は、皆知っていたのだろう。窓を叩く音がすることを。

配送準備を終えての、朝イチの出発前待機はその後も続けている。

ただ、あのコンビニの駐車場を使うのはやめた。今は、別のコンビニに駐めるようにしている。

誤配の部屋

世界的なコロナ禍の折、人々は人混みを避けて家に籠もった。

とはいえ、買い物はしなければならないし届け物などもある。中元、お歳暮、付け届け、祝いであったり、何ということのない私的な買い物であったり、何なら日々の買い物に至るまで、様々な荷物を自宅の玄関まで届けてくれる。ネットで注文して宅配便で配送する仕組みは、出不精・ものぐさ・リモートワークの頼もしい味方である。雨の日も風の日も酷暑の夏も師走の冬も感染症禍の最中にも、日々運送業・宅配業などの荷運びに携わる方々の仕事ぶりにはつくづく頭が下がる。

この頃の天野さんは、大手通販サイトの配送を受け持っていた。

他社では直接荷を渡して受け取りまで貰わねばならなかったが、この通販サイトの配達は、人手不足やら再配達コストの削減やら色々試行錯誤を重ねた末に、「置き配」というスタイルが確立した。

配達先が確実に正しいようであれば、対面で直接渡さなくとも、そして受け取りを貰わなくても、配達先の玄関に置いて帰ってもよい、というものだ。再配達の手間が減るのは配送業者にとっても有り難い。数を稼がなければならない薄利多売の運送業にとって再配達は余計な手間でしかないからだ。

荷物を持って出かけて、記された住所に置いて帰ってくればよい。

簡単な仕事だ。

電気工事士から宅配便の仕事に鞍替えした天野さんは、受け持ち地域で幾つかの配達を順調に済ませていった。

通販をよく利用する家、日頃から届け物が多い家というのはあって、何回かに一度は前にも来たことのある馴染みの配達先への荷物だったりする。そういう常連の所には頻繁に訪ねるので、そのうちに場所も覚えてしまうし在宅していそうな時間帯も何となく察しが付くようになる。

先輩から担当地域を任されてそこそこ経つが、その荷物の配達先は、天野さんが地域担当になってからは初めて見る住所だった。

荷物の宛先には〈××荘〉とある。恐らくアパートの類だろう。

集合住宅は通り沿いに面していたり、建物の名前を大きく掲げていたりすることが多いので見つけやすい。小洒落《こじゃれ》た新しめの物件ならエントランスまでしか入れないところも増えているが、宅配ボックスがあったり管理人に荷物を預けるなどもできるので、部屋まで直接上がらなくても済む分、案外楽ができる。

これなら楽ができそうだな——と思うと気持ちが軽くなり、配送トラックを住所の近場の路上に駐めて、貨物室から荷を取り出した。

が、期待はすぐに裏切られた。

配達先は、二階建てアパートの二階、であるらしい。

配送票に書かれた住所はすぐに分かったのだが、示された場所にそれらしき建物がない。大通りから一本入った古い通りの、さらにもう少し奥。

日々、宅配荷物を運んでいるからそれなりに土地勘もあるつもりだったが、どうにも分かりづらい。

番地表示が分かりづらいうえに、車も入れないような細い路地、地元の人が近道するためくらいにしか足を踏み入れないような細道が続く。汗だくになって歩く自分が抱える荷物が、冷凍冷蔵の荷物ではないことだけが救いである。

迷いに迷って辺りをくまなく歩き回るうちに、猫の通り道のような道が急に開けて、漸く目当ての物件が見つかった。

それは昭和に取り残されたようなボロアパートだった。

二階建てのこぢんまりした建物は、見たところ一階に二部屋。ということは、二階も同じ間取りでもう二部屋、計四部屋といったところか。

アパートの正面に向かって右側に錆の浮いた鉄製の外階段がある。

配送票を改めて確認するが、「二階」とだけある。

まあ、小さなアパートである。黙って置いて帰ってもいいが、住人に一声掛ければよい。

外階段を上りきって左に折れると、二階の外廊下があった。

この階に部屋は二室あるはずだったが、ドアは一つしかなかった。

廊下は中央辺りを境に、粗末なベニヤ板で間仕切りされており、奥へは進めない。

なるほど。二階は実質一部屋ってことか。

天野さんは、手前の部屋の玄関にあるブザーを押した。

年季の入ったボタンがカショッと押し込まれるものの、音が鳴っている気配はない。

室内からは特に反応もない。

見ると、玄関脇の郵便受けには不在票がねじ込まれていた。

自社のものではない。同業他社のものばかりが、何枚も、何十枚も詰め込まれている。

感熱紙のペーパーは大分日焼けしていて、文字が掠れて日付も読み取りにくい。

「不在……かなあ」

不在票の枚数からしてこれまでに届いた荷物の量も相当ではないかと思うのだが、その都度受け取り拒否をしていたのか、タイミングが悪かっただけなのかは分からない。

と、このときに人の気配を感じた。

天野さんは、別に特別な何かを感知する能力を持っている訳ではない。

玄関ドアの磨《す》りガラスに人影が動くのが見えたのである。

室内から誰かこちらに近付いてきているようだ。

不運な御同業には悪いが、自分はどうやら幸運にも一発で住人に遭遇できたらしい。

人影はドアの近くにいる様子なのだが、ドアが開かない。

なるほど、こちらを窺《うかが》っているのかもしれない。

「お荷物です！」

ドア越しに声を掛けた。

反応なし。

人影は揺れている。

「御在宅ですよね！　お荷物お届けに参りました！」

人影は揺れている。

確かにドアの向こうに誰かがいるのは間違いないのだが、反応がない。

置き配ということにして、置いて帰っても許されるだろう。

けれども、ドア一枚向こうに住人がいるのだから、誤配リスク、引いては再配達リスクは最小にしておきたい。

「失礼します！」

一際大きな声を掛けて、シリンダー錠のドアノブを握った。

ノブを捻ってみたが回る様子はなく、玄関ドアはびくともしない。

よほど頑丈に施錠されているのだろうか。

改めてドアを見ると、ドアの上下が五寸釘で釘打ちされていた。

「うひ」

人間、本当に驚くと奇妙な声しか出なくなるものらしい。

荷物を抱えたまま、一歩後退る。

と、そのとき――。

「そっちじゃねえよ！」

怒鳴り声が響いた。

「宅配屋だろ！　荷物、こっちだ。こっちに持ってこい！」

声はベニヤ板の向こう側からだった。

部屋を間違えていたようだ。

そうか、こっちは違う部屋か。ベニヤの向こうが当たりの部屋なんだな。

じゃあ、この部屋は不使用とか、無人とか、倉庫とか、そういう感じか。

咄嗟《とっさ》に常識的な理由を思い浮かべた。

五寸釘で封印された開かない部屋の中に人影が動いていたことについては、考えないことにした。というか、耳に響く人の声に縋《すが》って正気を保つ。

天野さんはベニヤ越しに叫んだ。

「申し訳ありません！　すぐそちらにお伺いします！」

「おう。そうしてくれ。こっちに届けてくれないと困るからよ！」

「それで、あの」

「何だ！」

「階段、こちら側にしかありませんけど、どうやってそちらに行けば」

「ああ？　いっぺん下に降りろ！　こっち側にも階段あるから！」

……階段、あったかな？

首を捻りつつ階下に下り、まじまじと正面から見直してみたが、やはり階段は見当たらない。

「こっちだよ、こっち！」

銅鑼声《どらごえ》に招かれて建物の反対側に回ってみると、確かに階段があった。

階段というよりは、梯子《はしご》と見間違うほどに小さく狭い。階段があると知っていなければ見つけられないか、視界に入っていても階段と認識できずに見落とすほどの粗末なものだ。

恐らく、先程の右側の階段が本来あったものであろう。この左側の階段は何かの必要から、後付けされたものなのではないか。

そう、例えば外廊下が封印されてしまったから、とか。

あの部屋の前を通らないため、とか。

そんなことを勘繰《かんぐ》りつつ、踏み外したらそのまま転落しそうな危うい階段を上った。

二階の外廊下には、部屋着姿の中年男が立っていた。

先程の部屋の前から見えたベニヤ板の裏側に当たるようだ。

「荷物、みんな向こう側に持っていっちまうんだよなあ。階段が上りやすいからってのはあるんだろうけど……」

なるほど、分かる。それで同業者は皆、あちらの部屋の郵便受けに不在票を突っ込んで荷物を持ち帰っていたのだろう。

「あのな、兄ちゃん。言っとくけどな。ここに来る荷物、全部俺宛だからな。次からはこっちに持ってこいよ」

これまでも度々同じことがあったのだろう。中年男はぼやきながら荷物を受け取った。

よほど誤配が多いらしい。

「あ、認めとかサインとか結構ですので」

天野さんは中年男に頭を下げて、あの狭い階段をおっかなびっくり下りた。

振り返ると、左側の部屋の窓が開いて先程の中年男が顔を出した。

「いいか！　このアパート、立ち退き中だから！　住んでんの俺だけだから！」

頭の上に降ってきた怒鳴り声に驚いて、天野さんは二階を見上げた。

「他の部屋無人だから！　荷物は全部こっちだからな！　次は間違えんなよ！」

隣の部屋、人影あったし。

動いてたし。

確かに五寸釘で打たれてた気はするけど。

でも……確かに誰かいた気がするし。

中年男は言いたいことを言って、窓を閉めた。

その隣。

中年男が「無人だ」と断言した、誰も住んでいないはずの部屋の窓が、薄く開いた。

開いた隙間から、誰かが天野さんを見下ろしている。

天野さんは怖くなって逃げた。

あれほど迷った道だったのに、不思議と配送トラックを駐めてあった場所までは、迷うことなく辿り着けた。

どうにかこうにか残りの荷物を配り終えて、営業所に戻った。

受け持ち地域を以前担当していた先輩に、一応報告をした。

今後も自分以外の誰かが荷物を運ぶかもしれないから、申し送りはしておくべきだろう。

天野さんの報告を聞いて、先輩は事務仕事の手を止めた。

「あー、〈××荘〉って、あのアパートだろ。細い路地の先の、すげえ分かりにくいところにある。階段が左右に二つあるボロい建物の」

さすがに前任者である先輩にはすぐに通じた。

「そうですそうです。住人は二階のおっさん一人で、他の部屋は空き部屋だそうなので、一応申し送りを」

先輩は顔を上げ、眉を少しだけ上げた。

「あそこ、誰も住んでねえぞ」

墓地の家

開発されきった都会だったり、或いは新興住宅地だったり、逆に田畑の合間に家が点在するような田舎だったり、そういう場所での届け物は案外楽だという。

開発されきった都会や新興住宅地は、町域や住所の表示が極めて正確であることが多いからだ。

そして、逆に家が疎《まば》らにしか存在しないような田舎の場合、多少住所の書き方が適当であっても案外届く。目当ての人家が、数えるほどしかないからだ。

その意味で、「昔ながらの住宅が複雑に密集しているような町」というのは案外やりにくい。表通りで配送トラックから下りて、そこから目当ての場所を見つけるまでが意外に手間取るからだ。

先のアパートもそうだが、住所番地が分かっていてもそれが指定する範囲が半端に広かったり、或いは車も通れないような私道、入り口の分かりにくいトラップめいた横丁の類となると、それこそ道慣れた地元民でもなければまず辿り着けない。住宅地図もスマホの地図アプリも、必ずしも万能ではない。

この日、天野さんが託された荷物の届け先は、「墓地の近く」であった。

目当ての場所が墓地の近くにあるらしいことは分かったし、目印である墓地のほうはすぐに見つかった。

だが、肝心の「墓地の近くの家」が分からない。

住所が複雑すぎ、何番地やらの指定が殆ど役を成さないのである。

墓地を囲う道を何度も往復し、町域を示す看板を探し、近そうな住所番地と伝票の住所を付き合わせながら墓地の回りをうろうろするものの、一向に見当たらない。

ここで時間を食うと、後々の配送がこなせなくなる。

どうするか。

一度持ち帰るか。

持ち帰ったところで、担当を代わってもらえる訳ではないから結局二度手間になる。

困り果てていたところ、声を掛けられた。

「宅配かい？」

見ると、還暦前後のおじいさんが立っていた。

どうもこの近所の住人らしい。

「ええ、探してるんですけど見つからなくて」

「ふーん、何処だい」

おじいさんは伝票を覗き込み、

「あーあー、その家か。分かりにくいんだよね」

呵々《かか》と笑った。

「そこさあ、近所の人でも場所知らなかったりするくらいでさ。よく兄ちゃんみたいに荷物抱えて困ってるの見かけるよ」

「そうなんですか。えと、道を教えていただいたりは」

「いいよいいよ、案内してやるよ」

おじいさんは先に立って歩き始めた。

何処かに抜け道でもあるのかと思って後を付いていくと、おじいさんは徐《おもむろ》に墓地に踏み入った。敷かれた石を踏んで、ホイホイと進んでいく。

墓地が近道なんだろうか。

「その家な、墓の先にあんだよ。まあ、墓を突っ切らないと辿り着けないとか誰も思わんから人も近付かんし、皆迷うんだよなあ」

外を回っているときにはさして広いとも思えなかった墓地だが、墓の中を歩いてみると案外と距離があるように感じられた。

おじいさんのぼやきを聞きつつ辿り着いたのは、墓地の奥の奥、というより裏手に近い辺りだった。そこには、古ぼけた平屋の一軒家が建っていた。

「ほら着いた。ここだよ」

外から入れそうでいて、そこに入る道がどうしても見つけられなかったのだが、まさか墓地からしか行けない家だとは。

「ありがとうございます。よくこんなところ知ってますね。このへん、長いんですか？」

天野さんが礼を言うと、おじいさんはニカッと笑った。

「俺、ここに住んでっからさ」

と、手を振りながら玄関脇に回って勝手口から家の中に入っていった。

（いや。住人かよ。だったら、ここまで案内してないで、墓地に入る前に荷物受け取ってくれたらいいのに！）

判子を持ち歩く人もいないだろうから、きっと判子がある家まで連れていったのだろう。

それとも、荷物を自分で持つのが厭で、わざわざ持ち運ばせたのかもしれない。対して重い荷物でもないし、判子ではなくサインでも大丈夫なのに。

道順を案内してくれた感謝が、無駄足に付き合わされた憤懣《ふんまん》に裏返ったが、次に来るときに迷わずに済む勉強になったと思えばいいか。

理不尽を鎮めるべく、ぶつくさ言いながら玄関に回り、ブザーを押した。

何度かブザーを鳴らすと、玄関が開いた。

「はい?」

出てきたのは、先程のおじいさんとは別の四十代くらいの中年男である。

「あ、えっと。お荷物です」

「ああ、荷物ね。宅配。お兄さん、初めて見る顔だけどよくここが分かったね。迷ったでしょ」

中年男はそう感心しながら受け取りにサインした。

「いやあ、随分迷ったんですけど、こちらにお住まいの方に案内していただきまして」

「誰?」

「こちらにお住まいのお年寄りの方です。さっき、勝手口からおうちに入っちゃいましたけど」

「勝手口から？　誰が？」

「え？」

「え？」

話が噛み合わない。

どうにも要領を得ない様子で、天野さんと中年男は互いに不審げに顔を見合わせた。

「うちの勝手口からどうやって？」

「どうやって、って……」

勝手口はある。おじいさんは確かにそこから入っていった、と思う。

中年男は業を煮やした様子で、天野さんを玄関から室内に招き入れた。

「で、どうやって？」

勝手口は玄関脇の台所にあった。

あったが、そのドアは食器棚で塞がれていた。

おじいさんは、何処から。いや、何処に。

天野さんは混乱した。

そして中年男はなおも首を捻っていた。

「俺……この家で独り暮らしなんだけど……」

再配達

宅配便の配送指定時間は朝イチの九時から始まるが、最終は二十時前後くらいまで対応している。

十八時以降の遅い時間は夜便と呼ばれ、帰宅後の受け取りであったり外出中に受け取れなかった荷物の再配達が中心になる。

天野さんが配送トラックで移動中、ドライバーの携帯電話が鳴った。

会社から支給された携帯を鳴らすのは営業所からの急ぎの連絡か、でなければ不在票の再配達依頼である。

あと幾つか配り終えれば営業所に戻れる。残りの未配を脳内でカウントしつつ、そんなことを考えていたところ、携帯に着信。

「はい、こちら宅配サービス○○○の担当セールスドライバーです」

配送トラックを脇に寄せて応答したところ、嗄《しゃが》れた声が聞こえた。

『あの。不在票があったのですが』

「再配達ですね。本日中のお届けでよろしかったでしょうか」

『はい。あの、それでお願いします』

声の主は老婆であるようだった。不在票の配達番号をおずおずと読み上げ、この後ならいつでもよい、という。

「こちらの住所でしたら近くを走っておりますので、この後すぐにお伺いしますね」

そう言って通話を終了した。

トラック内の未配荷物を探してみると、該当する包みが見つかった。

どうやらお中元の果物であるようだ。桃の甘い匂いが微かに漏れている。

生ものなら早めに届けないとな。

ハンドルを握って、届け先へ急いだ。

トラックを走らせるうち、淡い疑問が浮かんだ。

天野さんには慣れた担当地区である。

毎日地域の何処かを走っていて、さすがに土地勘もある。

電話の主が待つ住所の辺りは空き地だか雑木林だか、そんな感じの場所だったはずだ。

人家など、あっただろうか。

最近越してきたとか、知らないうちに家が建ったとか、そういうことだろうか。

カーナビと照らし、住居地図と照らして、件の届け先の住所を改めて確認した。

指定された住所に間違いはない。

荷物を小脇にトラックを降りる。

だが、そこは記憶にある通り、背の高い草が密に生い茂った空き地であった。

家など、何処に。

表通りをうろうろすると、草木の合間に門柱らしきものが見えた。

というより、草木の中に埋もれてしまっている。

よく目を凝らすと、その門柱の辺りには微かに草が踏み分けられた獣道のようなものがある。

本来なら整備された小道であったかもしれない。が、あまり人通りがないのか整備が行き届いていないのか、どうにも秘境感が漂う。草木を踏み、掻き分けて進むだけなのだが、冒険に挑むような心持ちになってきた。

草木のジャングルはさほど長くは続かなかった。

実際には数メートルか十メートルもなかっただろう。

草木を抜けた先に戸建ての家が建っていた。

明かりはない。

玄関灯やら防犯灯が点いていないばかりか、家の中まで真っ暗である。

不在、だろうか。

今すぐ行く、と返答をしてから、さほども時間は掛かっていないはずだ。

携帯の僅かな明かりで玄関辺りを照らすと、呼び鈴があった。

ボタンを押してみるも、カシャカシャと押し込まれはするものの、ブザーが鳴る気配一つない。

ポストには不在票が挟まっていた。

自分の会社のものも、他社のものも、一体いつから、一体どれだけ溜め込んでいるのか、と不安に駆られるほどの枚数が乱雑に詰め込まれている。

老人は夜が早いとも言うし。

実はもう寝てしまったのだろうか。

いや、住人は不在なのではなく、ここは廃屋なのでは？

自分は担がれたのでは？

色々と考えが頭を巡る。

玄関をノック。返答なし。

「お荷物です」と声掛けするも、返答なし。

玄関の引き戸に手を掛けると、からりと開いた。施錠もなしか。

老人の暮らす家で、これは不用心ではないだろうか。

玄関から室内を覗いてみるも、やはり真っ暗である。

携帯で照らすと、そこには廊下があるらしきことが分かる。

廊下は暗闇に飲まれて、その先は見えない。

「あのー。先程お電話いただきました、宅配便のお届けですが！」

家の奥に向かって声を張り上げてみる。しかし、返答なし。

住所は間違っていない。

しかし住人不在である。これは困った。

無駄足になったが、後日の再配達にするか？

いやいや、青果だぞ。持ち帰って保管しているうちに悪くなってしまうかも。そうなったらクレーム案件だ。

すると、真っ暗な廊下の先から嗄れ声が聞こえてきた。

「今手を離せないの。お荷物、玄関に置いて下さる？」

先程、携帯に掛かってきた再配達依頼の電話の主であろうと思われる。

姿はなく、現れる様子もない。

人の気配もおよそない暗闇は、その声が聞こえたきり再び静寂に戻った。

「え、ええと。それではその……こちら、玄関に置いていきます。生ものですので、お早めに冷蔵庫に入れて下さい」

包みを玄関先に置いて、天野さんは後退った。

あまりにも気配の薄い老婆に、真っ暗な家。

何というか、長くここにいたくなかった。

「あっ、判子は結構ですので！」

それだけ言い残すと、玄関を後ろ手に閉めた。

足早に草木を踏んで、敷地の外に出る。

そこには、見慣れた相棒たる配送トラックが駐められていて、ありふれた街中の風景が広がっていた。

振り返ると、今し方通り抜けてきた門柱は、草木の中にゆっくり埋もれていくところだった。あの真っ暗な家はもう見えなくなっていた。

……というようなことがあったのが、夏頃の話。

明けて翌年の一月頃に、上司に呼びつけられた。

「ちょっといいか」

「何でしょう」

「大分前の話なんだけど、半年くらい前にお中元の桃を届けたか？」

数を扱う商売なので咄嗟に出てこなかったが、「お中元の桃」というキーワードから、あの暗い家の記憶が蘇ってきた。

「あー、届けました。草ぼうぼうの廃屋みたいな家にお婆さんがいて」

「それな、送り主からクレームが来てる」

受け取り主でなく？　と問い返すと、送り主だという。

あの老婆は元は学校の教師か、或いは何かの師範であったらしい。

桃の送り主は教え子だった。

教え子は久々の夏の挨拶にと恩師に桃を贈ったものの、着いたかどうだか返事がない。

そこで確認してみたところ、届け先の恩師は十年前に亡くなっていた。

配達先なし、ということなら、そのように知らせてもらわなければ困る。桃をセールスドライバーが着服したのではないか、と、先方はおかんむりな訳だ。

「天野、お前まさか、お客様の荷物を盗んでないよな」

「まさか！　しませんよそんなこと！　ちゃんと届けましたって！　再配達の電話が掛かってきて、行ってみたら家の中から〈置いてってくれ〉って声がしたんですよ！」

必死に釈明してみたものの、信用されるかどうか自信がなかった。

客観的に見れば、確かに自分が一番疑わしいのだ。

そこで、とにかく現地を確認してみよう、ということになった。

上司を伴い、あの草木に埋もれた家を再訪する。

さすがに夜に行くのは怖いので、上司に呼ばれたその足で日中に訪ねてみた。

草木に埋もれた門柱は相変わらずで、丈の高い草を踏んで件の家に辿り着く。

「まるっきり廃屋じゃねえか……」

「これ、夏に来たときもこんな感じでしたよ」

昼間の日差しの下で見る家は、それでも屋内は暗かった。

ポストは変わらず不在票で一杯で、玄関扉に鍵は掛かっていない。

からり、と戸を開けて中を覗く。

そこに、桃があった。

腐って融けて汁が染みだして何らかの虫が集ってそれすらも越冬できずに消えて、ただただ桃の残骸と思しき微かな腐臭を立ち上らせた包みが、天野さんが置いたときのまま、そこにあった。


上司は天野さんの主張を信じた。

そして送り主のお弟子さんに配送に落ち度はなかった旨を改めて説明してくれたのだが、先方もどうも思うところがあったらしく、「そうでしたか」と納得したようだった。

名古屋のビル

この日、天野さんは名鉄名古屋駅前にあるオフィスビルに、コピー機の補充用トナーを運ぶことになっていた。

昭和三十年代に竣工したというこのビルは、開業当時は一、二階と地下階にショッピングモールやハイブランドのテナントが犇《ひし》めくハイカラでお洒落な建物だったそうで、名古屋のランドマークとして親しまれた。

ビルの上層階はホテルで、テナントとホテルの間の三階が事務所棟。この事務所棟にあるオフィスが天野さんの会社の得意先である。

宅配仕事に縁のある天野さんだが、その頃は一般の荷物だけではなくＢｔｏＢの仕事も引き受けていた。運ぶ荷物・貨物がオフィスの什器《じゅうき》や消耗品、業務用品に変わっただけの話で、することはいつもと変わらない。

もちろん、一定以上の分量の大荷物を配送トラックから台車に積み替え、オフィスに配って歩く作業になるので、配送トラックから小箱一つ抱えて個人宅を探すのとはまた対応が変わってくる。

尤《もっと》も、個人宅や個人の暮らすアパート、マンションの類とは違って多くの得意先はオフィスビルの上層階にあり、住所もはっきりしているし何よりエレベーターを使える。錆びた鉄階段や墓石の並ぶ墓地をとぼとぼ歩かなくて済むのは有り難い。

エレベーターを降りて、台車を押して廊下の突き当たりに向かう。

「お届け物です」

一声掛けてオフィスに入った。

そこには、ベッドが並んでいた。

あるべきは、事務机。

あるべきは、事務所で働く社員達である。

しかし、およそオフィスに似つかわしくない、簡易ベッドが所狭しと並べられている。

——野戦病院のようだ。

天野さんはそんな感想を抱いた。

ある者はベッドに横たわり、ある者はベッドの縁に座り、またある者はベッドとベッドの間にぼんやり立ち尽くしている。

全員が紺色の制服らしきものを着ていたこと、そして全員が男だったことから、なぜだか野戦病院を連想してしまったのだろう。

そこで気付いた。

室内の全員が天野さんをジッと見ている。

〈あまりにも場違いなお前は何者だ?〉と、そう訝《いぶか》られている。

「あっ、すみません。間違えました!」

我に返り、天野さんは一声詫びてオフィスの外に飛び出した。

廊下に出て、掲げられた社名プレートを確かめるが、確かにそこは今日コピー機のトナーを届けるように依頼された会社名である。

ホテル棟はここより上のフロアだし、そもそもあんな寿司詰めに人を寝かせるなど、今どき修学旅行の学生だってしないだろう。

そういえば、いつだったかこのビルのホテルが、国際会議の警備で全国から集まった応援警官の仮設の宿舎になったことがあったと聞いている。また何処かでそういう催しがあって、部屋か場所が足らない分をオフィス棟のほうに割り当てているのかもしれない。

なるほど、そういうこともあるか。

それはいい。では、肝心の荷物の届け先は何処なんだ。

本日の荷受先である事務所に電話を掛けてみると、こう言われた。

「あー、すいません。伝えてなかったワ。今度、そこのビルの解体が決まったんですワ。それでね。今、うちの会社、隣のビルに引っ越ししてる最中でしてね」

ああ、それ空いたオフィスを宿舎か何かに貸しているのか。

「そしたら、今日のお荷物どうしましょうか」

「それね、元のオフィスに置いといてくれたら、他の荷物と一緒に運びますんで。悪いけど次からは隣のビルのほうに運んでもらえますか」

あの居心地の悪い視線を思い出した。が、ベッドの脇にでも置かせてもらえばいいか。

そう思って、台車を押して旧オフィスに戻ってみた。

見慣れた事務机と、積まれた段ボール箱の類。おもちゃ箱をひっくり返したかのように乱雑な、引っ越し途中の風景がそこにあった。

オフィス内にベッドは一つもなかった。

男達の姿も何処にもなかった。

女と犬

長らく京都で働いていた天野さんは、その後、訳あって名古屋に引っ越した。

これは、転居直後頃の話。


仕事も電気工事士から宅配便のセールスドライバーに転職した。

暮らしぶりは大分変わった。

名古屋市内の新居は、三階建ての安いマンションである。マンションとは名ばかりのアパートと大差ない物件であった。エレベーターなどないので、階段を利用しなければならない。天野さんの部屋は二階にあったが、身体を使う仕事で疲れ果てた後ともなると、一階分であっても階段を上るのは面倒極まりなかった。

しかし、この部屋はとにかく安かった。

部屋を決めるときもそれが決め手になったのだが、同じマンションの他の部屋の家賃相場より二万円も安い。転職直後で貯えもさほどないので、月々の家賃が安く済むならそれに越したことはなかった。

ただ、さすがに値引きが過ぎると訝しんだ。

「この部屋、何かあった部屋なんスか？」

仲介した不動産屋は、ハハハと営業用の笑顔を浮かべて、

「いや何も。御心配なく。事故物件じゃありませんので」

それ以上は何を聞いても「何もないです」「事故物件じゃないです」と繰り返して話をはぐらかす。ただ、家賃が安い理由についての補足説明は特になかった。

天野さんの趣味は怪談である。所謂、本当にあった怪談、聞き書き怪談の類。

奇妙な話、陰惨な話、誰かが酷い目に遭う話、誰かが怖い目に遭う話など大好物である。

聞くのも読むのも好きだが、そうして聞き集めた話や体験談を人に語って聞かせるのもまた好きで、当時は好きが高じて動画サイトで怪談実況みたいなこともしていた。

怪談好きというのは、聞きたがりと聞かせたがりの両属性を持つ者が多いので、怪談実況ともなると何処からともなくリスナーが集まってきて、実況映像にコメントが飛び交った。考察であったり、合いの手であったり、同情であったり、賞賛であったりする。

視聴者の人数がどれほどかというのはあまり重要ではなくて、何処の誰とも知れない怪談好き、同好の士と同じ話題で盛り上がることそのものが楽しくもあった。一杯引っかけながらの実況は、馴染みの店で常連客と盛り上がるのにも似ていた。名古屋という慣れない街に来たばかりではあったが、同好の士との他愛ないやりとりが日常に活力を与える。

「……じゃあ、明日も仕事あるんで、今日はここまでにします。皆さん、御視聴ありがとうございました！」

〈8888888888　乙〉

〈88888888888　おつかれー〉

パソコンのディスプレイに拍手を表すコメントが怒濤のように流れていき、今宵の実況は終わり、とした。

配信を終了した後は、無性に煙草が欲しくなる。

仕事終わりの一服も堪らないが、怪談実況の後の一服も良い。実況中は吸わないようにしているのもあるが、室内で煙草を吸うと部屋に臭いが付くし、壁紙や家具がヤニで黄色くなる。何ならフローリングがべたついたりもする。

電気工事士時代に、そういう年代物のヘビースモーカーの部屋を幾つも見てきたが、あれはよろしくない。退去するときに内装の清掃やリフォーム費用が嵩《かさ》むため、敷金が戻らなかったりもするのだ。

煙草をやめるという選択肢は特になかったが、ひっきりなしに吸い続けなければ耐えられないほどという訳でもなかったから、自然と「一仕事終えたら一服する」「自宅で吸うときはベランダのみとする」といったマイルールができあがった。

だからこの日も、いつもと同じようにライターを手に、咥《くわ》え煙草でベランダに出た。

煙草の先にカチンと火を点す。

オレンジの火種が暗いベランダに揺れる。

思い切り肺に煙を吸い込み、暫く留めて、それから吐き出す。

街中の二階程度では大した眺望は期待できないが、最近は街中で煙草に火を点けられる場所も大分減ってきた。誰に遠慮することなく一服を楽しめるのはいい。

掃き出し窓とベランダの間に立って、ぼんやりニコチンを楽しむ。

最近やっと、「いつものベランダ」と認識できるようになった自分だけの居場所。

が、今夜は何かいつもと少し違うような気がする。

何かが足りないのか、何かが多いのか。

足下を見ても特に相違なく、ベランダの外の風景にも大差はない。

何が違うんだろうか。

ふと、視線を上に向けた。

そこに、手があった。

ベランダの天井、つまり三階のベランダの床下に当たる部分に、手がぶら下がっている。

力なくぶらんと垂れた右手。

節くれもなく、細く、肌つやはいい。

爪も整えられている。

女の手ではないだろうか、と思った。

手は指先一つ動かすことなく、だらりと垂れ下がったままである。

何故。

上の階の住人、だろうか。

引っ越しの挨拶をする風習は廃れて久しい。まして、同じマンションとはいえ、上階にまで挨拶などしないから、他の部屋に誰が住んでいるのかなど、およそ与《あずか》り知らない。

考えても詮ないことなので、それ以上は考えるのをやめた。

気味が悪くなってきた辺りで煙草の火がフィルターを焦がし始めた。吸い殻を灰皿代わりの空き缶にねじ込んで、天野さんは部屋に戻った。


それから数日は、仕事に忙殺されていた。

夜便の再配送が立て込んだこともあって、帰宅時間も後ろに押した。

趣味の怪談実況は少しお預けになった。

「今週は全然実況できてないなあ」

寝る前に一服だけするか、とベランダに出た。

そういえば、こないだのアレなんだったんだろうな。

忙殺されている間はすっかり忘れていたが、先だってと似たシチュエーションにあって、咥え煙草でベランダに立ったことから、あの奇妙な住人のことを思い出した。

ベランダの天井を見上げると、やはり手が垂れ下がっていた。

（……また、ぶら下がってる）

先日と同じである。

肘から先がぶらんと揺れている。

手指に動きはなく、先日と同一人物のものであると思われた。

つまり、上の階にはベランダに寝転がって階下に手を垂らす女が住んでいる——のだろうか。

天野さんは、寝相の悪い女がベランダに寝転がっている様を思い浮かべて苦笑した。


ベランダの手は、それから毎晩現れるようになった。

昼間はともかく、朝方この手を見かけたことはないから、手の持ち主は夜半のみそうしているのかもしれない。

気味の悪い習慣だな、と驚き呆れ、薄気味悪くも思った。

だが、さすがに一週間も続くと怖さが薄れてきた。慣れというものは恐ろしい。

あー、また手が垂れてんな。

いつもベランダで寝てんのかな。

手を見てもそんな感想しか出てこない。もはや違和感すらない。

ベランダの天井から垂れ下がる女の手が、天野さんの「いつもの風景」に落ち着き始めた頃、変化が起きた。

その日、いつものように煙草を咥えてベランダに出ると、久しく仕事をサボっていた違和感が、猛烈に働いていた。

定番となったベランダの天井から、女の手が垂れ下がっている。

手は一本増えて、両手になっていた。

(……えっ。いや、何だこれ)

ベランダのフェンスの隙間から片手を垂らす、というなら、まあ分かる。

試してみたことはないが、できなくはないだろう。肩口辺りまで突っ込めば、いつものポーズになるかもしれない。

だが、両手が出ている。

ベランダのフェンスに両手を突っ込んで垂らすとなると、一体どんな姿勢になるのか。

一頻り考察してみたが、煙草を吸い終えるまでの時間程度では答えは特に出なかった。

その翌日もベランダに女の手が現れた。

片手に戻っている、ということはなかった。

そして、天野さんは若干困惑していた。

ベランダの天井からぶら下がる両腕に加えて、女の顔があった。

宙吊りというか逆さ吊りというのか、逆位置になった女の頭がぶら下がっている。

（……いやあ……マジか……）

両腕は何処にも掴まっておらず、相変わらずだらりと垂れている。

頭はその間にある。

ここまでなるべく考えないようにはしてきたが、逆さ吊りで階下に顔を出している時点で、これはさすがに「三階の住人の奇行」とは片付けられなくなった。

怪談好きであるならば真っ先にそれを疑うべきであったのだろうが、何処か日常の中の出来事であってほしいという期待のためか、天野さんは手が超常の何かである可能性から目を逸らそうとしてきた。

が、いよいよ顔が現れてしまったことで、これ以上は自分を騙しきれなくなった。

しかしながら、ここまで結構な日数を掛けて「手」に慣らされてしまったせいもあってか、そこまでの恐怖は感じなかった。寧ろ、興味のほうが勝ってしまった。

逆さ吊りになってはいたものの、女は端正な整った顔をしていた。

それと分かるような感情を伴った表情はなくどことなく虚ろではあったものの、一言で言ってなかなかの美人である。

綺麗な人だな。

これは偽らざる素直な感想で、少し見とれてしまった。

口を衝《つ》いて出た訳ではなく、内心そのように思った——というだけではあったのだが、そう思い浮かべた瞬間、女の表情が変わった。

困惑。

怒りとか、恨みとか、そういったものではなく、女は困っている様子だった。

そしてそのまま、両腕と顔を上階に引っ込めていった。

消えた、のではなく引っ込んでいったのだから、やはり三階の住人なのかもしれない。

逆さ吊りで階下を覗く、そういう奇行の人かもしれない。

暫く間が空いたが、天野さんは久々に怪談実況を配信した。

聞いた話、昔の話、ちょっと雑談、そんなものを挟みながら怖い話を語っていると、リスナーのコメントに気になるものがあった。

〈マイクに彼女さんの声が乗ってます〉

(ん?)

〈御家族ですか? どなたかの声が入ってます。大丈夫ですか?〉

異口同音に複数のリスナーから同様の指摘が挙がる。

(彼女? 家族? 何言ってんだ?)

天野さんは独り暮らしである。同居家族もいなければ、彼女もいない。

配信は彼の秘かな楽しみであって、配信に友人を招くことはない。

余計なノイズが入ってはいけないから、テレビを点けたりもしていないし、窓も閉め切りである。

女っ気のない暮らしが長く、そういう気配に縁など……。

そう返しかけて、思い当たった。

(——いるわ。心当たり、あるわ。そういや、ベランダの天井から覗き込んでる美女がいたわ)

だが、それを認めたくはなかった。

それは奇行を行う住人なのであって、そいつの声が自分の部屋の中から聞こえてくるなど言語道断。というか、それを事実として認めたら負けであるような気がした。

だから、心当たりはない、ということにして思考から追い払った。

そして、挙動不審を気取られないよう気を付けつつも、いつもより幾らか多めに噛みながら配信を終えた。

この日を境に、怪談実況のたびに「彼女さん?」「女の声聞こえます」と指摘を受けるようになったが、そうしたコメントへのリアクションは極力避けた。

それでも日常は続く。

天野さんは日中は宅配便の仕事を続け、夜には帰宅。気が向くと怪談実況を配信した。

自分の話にリスナーがリアクションしてくれるのは楽しかったし、孤独感を和らげられた。独り暮らしはそこそこ長いし、一人でいることが辛いと思ったことはないが、この部屋に一人でいることに改めて気付かされてしまうのは、今はちょっと辛い。

それでも実況の後は一服したくなる。

パソコンから立ち上がり、ベランダに出ようとしたとき、それに気付いた。

気持ちばかりの遮音のつもりで、配信をするときはいつもカーテンを閉じている。

とはいえ、カーテンは量産品の薄いものだ。ベランダからの街明かりが透けて見える。

そのカーテンの隙間から見えたのだ。

女が立っている。

天野さんの部屋のベランダに。

ベランダの天井にぶら下がってこちらを覗くのはやめたらしい。

カーテンの隙間から室内を窺っているらしいことが見て取れる。

管理人を呼ぶべきか。

何処かに通報すべきか。

まず、一言怒鳴りつけてみるべきか。

今そこに確かに女がいる。それは間違いないのだが、何かアクションに出た瞬間に消え失せてしまいそうでもあった。

誰かを呼んだはいいが、次の瞬間、誰もいなくなっていたら、正気を疑われる迷惑者は自分である。常識と非常識の合間にあって、打てる手はあまり多くない。

というか、打つ手がない。

とりあえず、ベランダに出ることはやめた。

このため、自宅では煙草を吸えなくなった。

ベランダの美女はというと、だんだん遠慮がなくなっていった。
仕事を早上がりして明るい時間に帰宅できた日があった。
ただいまー、と誰に言うでもなく部屋に戻る。
そこに、女が立っていた。
女はベランダに出る掃き出し窓に掛かったカーテンの、内側にいた。
ベランダは一応は屋外である。
が、いよいよ屋内に現れた。
こうなってくると、もはや〈ベランダの女〉ですらない。
完全に不法侵入者である。
当初、彼女が覗き込んだり現れたりするのは夜だけだった。
だから昼間なら問題ないだろう、と完全に油断していた。
もちろん、外出前にベランダ側の掃き出し窓も、玄関も施錠している。
他に出入り口がある、合い鍵があるなど聞いていない。

女は立っている。

何か伝えたいことでもあるのだろうか。

しかし、その表情から意図を窺い知ることはできない。

これで、いっぺん玄関を開けて廊下に出て、それから回れ右してもう一度部屋に戻ると、いなくなってるんだろう。

女はただ一言もなく、何かを訴えるでもない。

怪談実況には一声混入させてくるくせに、直接姿を現した後はだんまりか。

一体どうしてほしいのか。

女はそうして、天野さんの部屋の中にぼんやり立ち尽くすようになった。


女は日々、部屋に現れた。

幸い、これまで何かをされた、ということはなかった。

最初は右手一つ。次に両手。

それから顔を出し、声を出し、全身を現し、部屋の中に侵入してきた。

女がしていることは、ただそこに〈いる〉ということに尽きる。

じわじわ姿を現し、じわじわ近付いてきている。

本当にただそれだけなのである。

そういう意味では安心、とは言わないがこれまでのところ安全とも言える。

とはいえ、居心地のいいものではない。

格安とはいえ家賃を支払って住んでいる、自分一人だけの居場所である。

そこに見知らぬ、いやもはや顔見知りと言っても過言ではないが、得体の知れない女が居座っているのである。

安眠できるはずの場所に、他人がいるのだと考えれば居心地がいいはずがない。

女は変わらず無害ではあった。

だが、その立ち位置は日々変わった。

何というのか、少しずつ近付いてくる。

最初はベランダの天井、次にベランダ。室内に現れた後は、毎日少しずつ天野さんに接近する位置に立つようになった。

何もされないとこれまでの経験では分かっているものの、警戒心はあった。

天野さんは女が近付いてくるたび、布団をずらした。

もしも、これまでと違う何かが起きたとき、すぐに逃げ出せるよう少しずつ玄関に近いところで眠るようになった。

得体の知れない女と実質同居状態で、なおその部屋で寝ているというのも相当だと思うのだが、女にいつか同衾《どうきん》を許してしまうのではないかというのは恐れていた。

それでも女は帰宅するたび、天野さんとの距離を詰めてきた。

もはや、自宅内で「ダルマさんが転んだ」をやっているようなもので、帰宅のたび、そちらに気を向けるたび、女は接近し続けた。

しまいには、玄関を開けるとそこに女が立ってスタンバイしていた。

自分の住処なのに、室内に入れないのである。

もはや居場所も逃げ場もない。

それでも、天野さんは何故か律儀にそのマンションに帰宅していた。


ある晩のこと。

自室の玄関で、女に覗き込まれつつも自分のスニーカーやサンダルにまみれて眠っていたとき、こんな夢を見た。

そこには犬がいた。

愛犬のジロである。

ハッハハッハッハッ、とハイテンションで駆け回り、天野さんの顔をしきりに嘗《な》める。

ジロの顔や首を撫で回すと、彼は満悦そうに目を閉じる。

そうか、これは夢か。

ジロは、京都で暮らしていた頃に可愛がっていた犬だ。

賢く可愛くテンションの高い犬だった。

ただ、名古屋のこの部屋は動物を飼えないため、連れてくるのを諦めたのだ。

ジロの毛並みを撫でる感触は、夢と思えないほど生々しい。

「お前を連れてきたかったなあ」

毛並みの感触を懐かしみながら、天野さんはぽつりと呟いた。

そこで目が覚めた。

犬はいない。

だが、いる。

いるはずがないことが分かっているのに、そこに確かにジロがいるような錯覚を覚えた。

自分は寝ぼけているのか、とも思ったがそうではない。
何故か室内が獣臭い。というか、犬の臭いが漂っている。
家猫にはない臭い。シャンプーをしても消えない、あの犬独特の生臭い獣臭。
京都の家で嗅ぎ慣れた、懐かしい臭いだ。
この日は、久しぶりに女の姿を見かけなかった。
玄関にも、風呂にも、トイレにも、部屋中の何処を探しても女はいなかった。
それは本来当たり前のことなのだが、当たり前が久しく感じられた。

そして、この日を境に女は現れなくなった。
部屋にいない。ベランダにもいない。
怪談実況のマイクに音声が拾われることもなくなった。
家での実質禁煙も解禁できた。

＊

女が現れなくなって、漸く天野さんの暮らしに平穏が訪れた。

いつものように出勤して、いつものように働き、いつものように帰宅する毎日。

そして、疲れた身体を押して階段を上る。

二階へ上る階段は、マンション一階のエントランスを抜けて、一階の各部屋が並ぶ廊下の突き当たりにある。

帰宅時、この一階廊下を歩くときに視線を感じるようになった。

見られている。

品定めをされているような、或いは監視されているような。

まさか、またあの女が現れたんじゃあるまいな。

部屋に入れないから部屋の外で待ち伏せ、とかそういう。

彼女が本当に別階の住人であったなら、マンション内で出くわすこともあったかもしれないが、これまでの経験から実体のある人間である可能性には殆ど期待が持てない。

階段の上がり口で立ち止まって辺りを窺うと、廊下に並ぶ玄関ドアの一つが薄く開いていた。天野さんの部屋の真下に当たる部屋である。

僅かに開いたドアの向こうには、その部屋の住人がいるようだった。

その住人が、天野さんを凝視していた。

どういう理由があるのか分からないが、きっとこれはたまたまだ。

きっと、あちらも出かけようとしているところだったのだろう。面識のない住人が通りかかったので、出るタイミングを逸して慌てて引っ込み、こちらを窺っている。

そんなところではあるまいか。


一度ならたまたま。

二度目も偶然と思えなくもない。

しかし、帰宅のたびに毎日同じ場面に出くわすようになった。

天野さんの宅配の仕事は原則日勤で、再配達などがあれば夜勤コース。外で飯を食べて帰る、何処かで一杯引っかけて帰る、買い物なんぞをして帰ることだってある。

だから、帰宅時間は別に常に一定という訳でもないのだが、どういうことなのか帰宅時間を見計らってでもいるのか、天野さんが廊下を通りかかるとあの一階の部屋のドアが必ず薄く開いているようになった。

単に開けられているのではなく、毎回必ず住人に凝視されているのである。

天野さんは新参の住人であるし、他の住人との交流は全くない。入居時に挨拶などもしていないし、出勤時やゴミ出しなどのタイミングで顔を合わせたこともない。

つまりは、接点そのものがない。

だが、こちらに心当たりがなくても、あちらには積もり積もった不満がある、というようなケースだってあるかもしれない。他人の堪忍袋の緒の長さなど、余人には窺い知ることなどできない。

ただ、自分がマークされている、見張られている、睨まれている、というようなことだけははっきりと分かる。

そうされる理由だけが本当に分からないのだ。


一階住人による不可解な監視は、半年ほど続いた。

帰宅を見張られているのは明白だったが、この半年というもの見られているだけで特に何かアクションがあった訳ではないので、「そういう住人もいる」という程度で納得し、すっかり状況に慣れてしまった。

こちらから挨拶するような間柄でもないので、「ああ、いるな」「今日も大変だな」で終わりである。

天野さんもそこまで気にするほどでもないと判断し、緩やかに無視を決め込んでいる。

この日、いつものように帰宅し階段に向かって廊下を進むと、いつもとは違う光景が飛び込んできた。

件の一階住人の部屋の玄関ドアが半開きではなく全開になっている。

一体どんな奴が住んでいるのか。

どんな暮らしをしているのか。

無性に気にはなった。が、興味本位で迂闊《うかつ》に覗き込んで住人と目が合おうものなら、何を言われるか分かったものではない。天野さんは好奇心をねじ伏せる。

すると、部屋の中から住人が出てきた。

毛玉だらけのスウェットを着た冴えない中年男である。

ちゃんと見るのは恐らく初めてだ。今まで見かけた記憶もないから、やはり少なくとも直接の接点はないはずだが。

中年男はムスッとした表情で天野さんを睨み付けた。もはや、その嫌悪感を孕んだ視線を隠そうともしない。

天野さんはこれも素知らぬふりで、中年男の部屋の前を通過した。

階段を上りかけたところで、背後に気配を感じた。

――ざりっ、ぺた。ざりっ、ぺた。

中年男は、履き古したサンダルを引きずるようにして、天野さんの後を付いてきた。

――ざりっ、ぺた。ざりっ、ぺた。

付かず離れず、階段を上る足音が続く。

偶然、中年男が二階か三階の知り合いの部屋にいくところで――いや、そんな偶然はないな。

間違いなく、付けられている。

気持ち足早に中年男と距離を取るつもりで歩く。そして、素早く解錠して自分の部屋に飛び込んだ。後ろ手に、すぐに鍵を閉める。

案の定というか何というか、ガチャリと鍵を閉めた直後に玄関ドアが激しく叩かれた。

――ドンドンドン！　ドンドンドン！

ドアの形が変わるんじゃないか、と不安になるほどの勢い。

「開けろ！　おい、開けろ！」

中年男の怒鳴り声が聞こえた。

閉めてすぐドアを開けるのも怖かったが、室内側のチェーンロックを掛けてうっすらとドアを開けた。

できるだけ声を抑えて答える。

「何の御用ですか」

「何の、じゃねえよ！　お前うるさいんだよ！　いい加減にしろ！」

言われてドキリとした。

怪談実況の配信は概ね夜に行っている。

窓を閉め切りカーテンを閉めて、音漏れにはそれなりに気を遣っているつもりだったが、やはり近所迷惑だったか？

それは申し訳ないことをしたと謝罪を口に出しかけたとき、中年男は畳みかけてきた。

「本当、うるさいんだよ。お前の部屋の女が、俺のところに来るんだよ！　どういうつもりなんだよ、アレ！」

謝罪が引っ込んだ。

「俺、一人暮らしですけど」

「そんなこと知るか！　女連れ込んでんだろ！」

話はまるで噛み合わず、全く通じない。

しかし、話は繋がった。

あのベランダの女だ。

天野さんの部屋には現れなくなった、或いは近寄れなくなったのだろう。

腹いせなのか仕方なくなのかは知らないが、どうやら天野さんの部屋から中年男の部屋に乗り換えたらしい。

女が天野さんの部屋に現れなくなって程なく一階の中年男に睨まれるようになったが、タイミングから言っても間違いない。

そのことを中年男に言うか？

半年前、俺の部屋にもその女出てたんですよ。多分オバケの類ですよ。

（……いや、ダメだ）

頭がおかしいと思われるか、バカにしてるのかこの野郎、と殴りかかられるかのどちらかになる。信じてもらえる気がまるでしない。

「とにかく、俺の女じゃないです。俺とは関係ない。全然知らないです」

複雑な説明が通じる気もしなかったので、ひたすら無関係であると釈明した。

が、向こうも腹に据えかねて怒鳴り込んできたと見えて、釈明などまるで通じなかった。

ひとくさり悪態を吐いたあと、

「とにかく、いい加減にしろって、あの女に言っとけ！」

と捨て台詞を吐いて、階下に降りていった。

言っとけ、って。

こっちも会いたくないし、呼び出す方法もない。

だから、天野さんも「知るか！」と吐き捨てた。


それから幾日もしない頃。

仕事を終えて帰宅すると、マンション前が何やら騒然としていた。

パトカー数台に白塗りの自転車、サイレンを止めた救急車などが、狭い路地に駐車されている。普段、あまり近隣住民を見かける機会がないが、この近所にこれほど多く住んでいたのかと驚くほどの野次馬を、警察官が整理している。

マンション入り口は進入禁止のトラテープで封鎖されているようだが、自宅はこの内側である。天野さんは警察官の一人を呼び止めた。

「あの、このマンションの住人なんで通りたいんですが」

「あ、結構ですよ。どうぞ」

「何かあったんスか」

警察官は一階の廊下に視線を泳がせた。

「こちらの部屋の住人の方が亡くなっていた、という通報がありまして。御遺体を搬送して、現在、現場検証中です」

見慣れたドアが開け放たれ、警察官が何人も出入りしている。

あの中年男の部屋だ。

「事件ですか。それとも事故」

「うーん、今はまあ、どちらとも言えない段階ですね。何だか、変な死に方していたみたいで。後で住人の方にもお話を伺いに行くことになると思うので、お騒がせしますが御協力下さい」

警察官は多くは語らなかったが、言葉の端々に困惑が滲《にじ》んでいた。

そうですか、と返答して何げなく中年男の部屋を覗いた。

そういえば、これまで一度もそうする機会がなかったが、あの中年男の部屋を覗くのはこれが初めてかもしれない。

そして、即座に〈見なければ良かった〉という後悔が湧き上がった。

部屋の中はお札で一杯だった。

天野さんの部屋と、恐らくは同じような間取りであるはずだ。

玄関から、廊下から、その先のリビングから、直接見ることはできなかったが、恐らくは風呂もトイレもそうだろう。

開け放たれた玄関ドアの内側にも、びっしりとお札が貼り付けられていた。

あの女が中年男の部屋にも来ていたとするなら、侵入経路はベランダであろうから、多分ベランダ側の掃き出し窓辺りはもっと酷いのではないか。

警察に事の経緯を説明するか？

半年前、俺の部屋に女が出てたんですよ。多分オバケの類ですよ。

そいつがあの部屋にも出てたんじゃないかと思うんです。

（……いや、ダメだ）

頭がおかしいと思われるか、下手をすれば中年男とトラブルを抱えていたのではないかと疑われるかのどちらかになる。信じてもらえる気がまるでしない。

＊

そんなことがあったので、天野さんはそのマンションを引き払っ……ていない。

実のところ、まだ住んでいる。

何しろ家賃が安いので。

そういえば、最近他の部屋の家賃も下がったらしい、と聞いた。

一階の中年男の部屋は、さすがに瑕疵《かし》物件扱いになるのだろうが、それ以外の部屋まで値下げとはどういうことだろうか。

あのベランダの女、他の部屋にも巡回しているのか。

天野さんの部屋には相変わらず女は現れない。

部屋の中に、ほんのりジロの臭いが燻《くすぶ》っているからではないか、と思っている。

まるで、「しっぺい太郎」の伝説に登場する魔物退治の犬のようだ。

ジロの犬臭さは天野さんには苦にならないし、寧ろ安心感さえある。

だから、ジロの加護が続くうちは、この部屋に住み続けても大丈夫だろう。

いつかこの部屋から出るとき女が付いてきやしないか、というのは若干気になっている。

家賃が安いので、当面ここから動くつもりはないが、もしもそんな日が来るのなら、願わくば次は犬と住める部屋がいいな、と思う。

仲良くやっておるか?

本題に入る前に、いい機会なので自衛隊について少し触れておきたい。

昨今、自衛隊が人々の耳目を集める機会が増えた。

震災や風水害など多発する自然災害は、個人や自治体の手に負えない事態を度々起こしてきた。台風銀座に横たわる洋上の火山列島――というのが日本列島の置かれた気候風土上の特殊条件であり、これは日本列島が今の場所にある限りは逃れることは難しい。

自衛隊はこれらの自然災害発災時に、防災支援活動の主力として被災地に展開する機会が多い。それこそ「災害に遭って何もかも失ってしまった被災地」にいち早く駆けつけ、瓦礫撤去、道路開削、救助救援や生活再建を始めるまでの様々な支援活動を担う頼もしい組織、として信頼を得ているのではないだろうか。

災害支援活動の機会に注目されることが多いせいで、すっかり「救助隊」のイメージを持つ人々も多いかもしれない。だが、創設時に期待された当初の本来任務は、主に「他国による本土侵攻と、その敵性戦力の着上陸に備え、本土の水際でこれを迎え撃つ」というもの。領海でそれを防ぐのが海上自衛隊（海自）、領空への侵入を防ぐのが航空自衛隊（空自）、その上で全てを突破されて着上陸まで許してしまったとき、最前線かつ最後の守りとなるのが陸上自衛隊（陸自）の役割だ。

二次大戦敗戦を経て旧日本軍は解体された。その後、冷戦の到来を踏まえて警察予備隊として再編された後、日本の安全保障の要として産声を上げたのが自衛隊である。

海に囲まれ国是として専守防衛を掲げる日本にあって、陸自は他国への展開を前提にしていない。そして、創設以来、陸自が日本の国土で他国と砲火を交えた公式な記録もない。

が、その創設初期には、隣接する仮想敵国――特にソビエト連邦、今で言うロシアを念頭に、「戦車、自走砲、歩兵戦闘車などの機甲車両を投入展開して、北海道に着上陸戦を挑んでくる敵」という想定で、陸自はこれに備えている。今日でも北海道に陸自の機甲戦力が多く駐屯している理由はこれだ。

ミサイルと爆撃機とドローン、それにサイバー戦が戦争の主体になった現代戦で、機甲師団による戦車戦や歩兵戦闘に備えるのは、一見すると時代遅れに見えるかもしれない。しかし、ロシアは現在進行形でウクライナに戦車を大量投入している。爆撃機や投射兵器で敵地を更地にできたとしても、そこを制圧するには機甲車両と歩兵戦力が未だ有効であることは、疑いの余地もない。

そして高性能な装備品があっても、日頃からその操作運用について習熟していく必要がある。「訓練は本番のように、本番は訓練のように」という戦訓にあるように、弛《たゆ》まぬ訓練の積み重ねがなければ、本番での本領発揮も危ぶまれる。もちろん、本番などないに越したことはないが、最前線になる戦地に真っ先に身を晒《さら》すことになるのは自衛隊隊員であり、それだけに隊員達は訓練の重要性を骨身に染みて痛感している。

有事ではない自衛隊の殆どの時間は、故に訓練・演習に費やされる。

著者（加藤）はかつて陸上自衛隊富士教導団所属の友人の招待で、総合火力演習を観覧したことがある。今はもう一般公開されていないが、当時見たそれは本番さながらであり、なおかつ安全管理の徹底も併存する高い練度の演習だった。

自衛隊の運用する防衛装備は、つまりは兵器である。演習であっても、取り扱いに瑕疵があれば簡単に事故が起き、その事故はあっという間に訓練された自衛官を殉難者に変えてしまう。

故に事故はあってはならない。あってはならないが、それを百パーセント達成し続けるのは難しく、まして一般公開されていない日常の演習の中で避けられない事故が起きることはある。

つらつらと書いているうちに枕が随分長くなってしまった。

このように、自衛隊は死から国民を救うためにあるが、同時に最も死に近いところにいる人々でもある。故に、そういう話も多い。

自衛隊に関する話を読むとき、まずはそのことをよくよく踏まえていただきたい。

＊

今世紀初頭頃の千歳近辺の話だという。

駐屯地では必ず当直隊員を置く。夜間、出動命令が下ることもあるためだ。

寝ずの夜勤番は、自衛官が最も緊張するものではあるが、「これまで何もなかったから、きっと今夜も何もないだろう」という油断が生まれやすくもある。

もちろん、突然の夜間出動命令などあってはならないことだが、近年では特に災害派遣も増えている。災害は時と場所を配慮などしないので、いつ如何なるときでも出動できるよう、緊張感を以て任に当たっているのだが、夜中に寝入っている隊員達を叩き起こすのは、この当直隊員の役目である。

それでも、日中の訓練の疲れなどから、つい気が緩むことはある。

それを見越してか、その基地では当直隊員が詰めていると稀に上官が巡回してくることがあった。

「異状はないか」

「……うわっ、ハイ！　異状ありません！」

この日当直だった坂崎二士は、椅子から飛び上がった。

いつ入ってきたんだろう。

眠ってなどいなかったはずなのだが、全く気付けなかった。そんな無防備な状態で上官に突然声を掛けられ、腰を抜かしそうになる。

襟章から上官の階級はどうやら佐官であった。

奉職して日の浅い二士からすれば大分上の階級で、普段直接やりとりする機会もそうはない。慌てて立ち上がる。

「ああ、いいから座っておれ」

上官に椅子を譲ろうとしたところ、上官は手をひらひらさせて遠慮した。

「君、どうだ。家族とは仲良くやっておるか」

若い自衛官は営舎住まいでなかなか実家にも帰れない。厳しい自衛隊生活に慣れるまでの間、こうして気に掛けてくれる上官もいるのはありがたくもある。

「はっ、いや全然帰省はできていないんですが、親からも元気でやれ、と激励を」

「そうかそうか」

上官はニコニコ笑って、「励めよ」と去っていった。

「はー、焦った」

そこへ同じ当直の先輩二曹が用足しから戻ってきた。

「おー、悪い悪い。何か異状あったか」

特に何もないだろうことを承知の上で、先輩二曹は坂崎二士に訊ねる。

「いえ特に。あ、巡回で上官の方がいらしてました」

「……こんな時間に？」

「何か、世間話をして帰られました」

「えっ、誰だろう。名前分かる？」

「名乗られませんでしたが、縫い取りに名前ありましたよ。ええと、〈ゴヒャクハタアタマ〉

さんと仰る方で」

「ん？　ゴヒャク……そんな人いたかな。どういう字？」

坂崎二士は、手近のノートの隅に今見たばかりの上官の名前を書いた。

〈五百旗頭〉

「あー……それ、〈イオキベ〉って読むんだよ。そうか、あの人また来てたのか。坂崎が入隊前にいた方だから、知らんわな」

先輩二曹は神妙な面持ちで頷いた。

「〈家族と仲良くやっておるか？〉とか、聞かれたろ？」

「あ、それ聞かれました」

「そうかー。五百旗頭さん、夜勤のときにちょいちょい来るんだよな」

柔和な笑みを浮かべて去っていった上官を思い浮かべる。

「あの、どういった方なんですか？」

「うーん。演習中の事故に遭われた方でな」

「ああ、負傷退職とかされた予備自の方でしたか。あれ？　でも予備自が元の階級章と名前の縫い取りの入った戦闘服は着ないか」

そもそも、予備自衛官と言っても招集されていないならただの民間人である。駐屯地の宿直室になど自由に入り込めるものなんだろうか。

「いや、五百旗頭さんは演習中の事故で亡くなられた教官でな。二階級特進して死後は佐官になってる。詳細は部外秘だから説明できんが、結構きっつい亡くなり方をされて……それでたまに来るんだ。たまにでもねえか。割と頻繁に来る」

彼は昼に現れることはほぼなく、当直のタイミングで若い隊員の様子を見にくる。

「来る、っていうか。出る。つうて、別に何かされるとか、そういうことはないから気にしなくていい。夜中に現れて若い隊員が家族とうまくやってるかどうか気にして、それで帰ってく。そんだけのオバケの類だ」

旧軍時代の演習中の遭難事故などもそうだが、自衛隊に替わってからも演習中の事故はごく稀に起きる。そうして殉職した隊員は、叙勲、二階級特進の後、遺族に手厚い慰労金もある。

「その手厚い慰労金を巡って、五百旗頭さんの御遺族が揉めに揉めてな。普通に暮らしてりゃ見ないような金額だから、誰が貰うかで険悪になっちゃって。だから、自分とこの家族が金で揉めてるのが悲しくて、出てきてんじゃねえか、って思うんだけどな」

事情を知らない新人隊員が、そうと気付かず普通に応答してしまうというのは、この駐屯地ではよくあることらしい。

先輩二曹は、「まあ、今後も出ると思うから、坂崎も慣れとけな」と言った。

黒い屋根とブルーシート

自衛官は普段何処に住んでいるのか？

自衛隊にあまり興味がない人にはピンとこない問いだろうが、実のところ自衛隊員は入隊すると、営舎内居住義務が発生する。自衛隊員はいつどのようなタイミングで非常呼集が掛かるか分からないので、原則としては常に駐屯地または任地（海自なら艦内など）に居住しなければならないことになっている。

言うなれば寮生活のようなもので、風呂も飯もちょっとした買い物も営舎内で完結するので駐屯地から出なくても生活できる。

もちろん例外はあって、例えば営舎内に住居が足りない場合。営舎内住宅が満室で空室がない場合や、結婚して家族と生活している場合、及び幹部自衛官などは、任地である駐屯地の近隣という条件は付くものの、営外に居を構えることが許されている。つまりは幹部ではなく独身であれば一律営内暮らしになる。これは自衛隊法でそうと決められている。

そして、昨今はＷＡＣ《女性自衛官》も増えてきたとはいえ、自衛隊は基本は独身男ばかりが身を寄せ合って共同生活する場である。このため、独身男性自衛官には出会いの機会そのものがなく、任官しているとなかなか家族を作る機会そのものに恵まれない。と、元自衛官の友人(長らく独身)がこぼしていたのを思い出す。

さてこの営舎住宅は、駐屯地によって様々である。内容としては、隊員の居室、風呂、食堂、レクリエーション室などの設備が揃う辺りは何処も変わらないが、建物は随分と風情が異なる。

築百年を超える旧日本軍の施設をそのまま修繕して使い続けている場合もあれば、敷地内に建て替えられて鉄筋コンクリート製の学校校舎みたいな宿舎になっている場合もある。古い施設は必ずしも歴史的、文化遺産的な価値があるから維持している訳ではなく、単に自衛隊は常に金がないので、特に建物などは今あるものは極力そのまま維持せよ、という方針である。そのため、大抵のものは可能な限り直して維持しているのだそう。

桜井三曹は、北海道のとある駐屯地の営内に暮らしている。

この駐屯地の営舎住宅は、どうという特徴は特にないものの、ひたすら年季の入った建物であった。言うなれば古いしボロい。が、直せば何とか、という具合。

彼がまだ新入隊したばかりの頃、の話。

駐屯地内を一巡して詰め所に戻ると、当直の上官から問われた。

「異状ないか」

「異状はありません。いや、あれって異状かな……」

「何だ。異状があるなら報告しろ」

巡回中のこと。桜井三曹はとある営舎住宅の前を通りかかった。

「うわっ、黒っ」

と、思わず声が出た。

彼が住まう営舎住宅もそうだが、この駐屯地の住宅の屋根は何処も青色で統一されているはずだ。

だが立ち並ぶ営舎住宅のうち、ある一棟だけが趣が違っていた。

屋根が真っ黒い。

何をも反射しない、くすんだ黒。

思わず立ち止まって見ると、黒い屋根の表面が何やらざわついている。

そこで気付いた。

黒い屋根と思い込んでいたものは、全てカラスだった。

「うわー……。この営舎に住む奴大変そう」

カラスの鳴き声とか、カラスの糞とか、余計な仕事を増やされてそう。

気の毒だな、とは思ったものの、他の営舎のことなのでそれ以上は気に留めなかった。

詰め所に帰る途中、再び件の営舎の前を通りかかった。

カラスは一羽もおらず、屋根は他の営舎と同様の青色に戻っていた。

「……と、そんな具合でして。要するに、特に異状というほどではないんですが、営舎の屋根一面にカラスがみっしりいました」

「馬鹿者。変なこと言うな」

上官に一蹴されて、その話はそれで終わった。


それから五年ほど過ぎた頃のこと。

出会いに恵まれなかった桜井三曹は未だ独り身で、未だ営舎住みだった。

とはいえ、営内暮らしにさほど不満はなく、隊での生活にも馴染んでいた。

そんな折、桜井三曹の暮らす営舎の風呂が壊れた。

とりあえず修理が終わるまで、別の営舎の風呂を借りに行くことになった。

人数がいるので複数の営舎に振り分けられたのだが、桜井三曹が割り当てられたのは、五年前に見かけたあの黒い屋根の営舎だった。

営舎の構造は何処も同じなので、初めて踏み入った余所の営舎でもさほど戸惑いはない。勝手知ったるという具合で風呂を借りた。

風呂場には営舎の裏側に向けられて幾つか窓があった。濛々《もうもう》と立ち込める湯気を逃がして風を入れようと窓を開けると、窓からさほどもない場所に丸められたブルーシートが屹立《きつりつ》している。というか、何かの塊をブルーシートで包んだものらしい。

廃材が積まれていただけかもしれないし、廃棄予定の保留品かもしれないが、後ろ髪引かれる、というか気に掛かる。

風呂上がりにすることではないと分かってはいたのだが、違和感というのか好奇心に負けて、桜井三曹は件の風呂場の外に回ってみた。

ブルーシートを捲《めく》ってみる。

それは、何らかの碑文が刻まれた石柱であった。

駐屯地内に墓石などあるはずはないので、記念碑か或いは慰霊碑。

意を決してシートを剥ぎ取ってみると、「鎮魂碑」の一文が見えた。

なるほど。

慰霊碑、鎮魂碑が駐屯地内にあっても、それはおかしくはないだろう。

だが、拝むなり頭を垂れるなりするために作られたはずのものを、ブルーシートで覆うとはどういう了見なのか。まるで厄介者扱いではないか。

この営舎の隊員はどういうつもりなのか。それとも、ブルーシートの中にあるそれを誰も知らされていないのか。

この駐屯地に五年はいる桜井三曹が存在そのものを知らないということは、それよりさらに以前から何らかの由来があるのか。

どうにも気になって仕方がないので古参の上官に訊ねてみると、事の次第をあっさり教えてくれた。

「あー、あれな。あれは事故で亡くなった教官の慰霊碑だよ」

自衛隊という職場の性格上、どれほど安全管理を心掛けていても職務上の殉職者はどうしてもゼロにはできないことは前述した通りだが、やはり訓練中の事故死というものは一定数ある。

「教官の慰霊碑ということは、鎮魂とか慰霊とかそういう目的で作られたんですよね？　なのに、何故ブルーシートでぐるぐる巻きになんかされてるんです？」

「それはな」

この教官は、前述の五百旗頭《いおきべ》教官とは別の教官であるらしいのだが、亡くなったのは駐屯地に隣接する演習場であったという。

演習中の事故死にも色々あるが、彼の場合は戦車運搬車から転落した戦車の下敷きになって亡くなった。

戦車運搬車は数十トンの鉄の塊である戦車の重量に耐える、頑丈な荷台を持つトレーラーである。重さはさておき、運搬車の荷台の幅は搭載する戦車の幅とほぼ同じ程度しか余裕がないので、載せるにも下ろすにも非常に繊細な技術が必要になる。僅かでも履帯《りたい》がずれれば、戦車は脱輪してバランスを崩し転落事故に繋がる。

戦車が落ちたその場所に、教官がいたのだそうだ。

教官の不注意だったのか、搭乗員の確認ミスだったのか、それは分からない。

「厳しいことで有名な教官だったから、シゴキを逆恨みされて仕返しされたんじゃないか、って噂もある」

恐らくは、ちょっとびっくりさせてやれ、くらいの気持ちだったかもしれない。

恨んだ輩もまさか死亡事故に繋がるとは思ってもみなかっただろう。

だが、噂は噂。真相は分からない。

が、教官はその死とともに部隊を去った……という訳ではなかった。

駐屯地から演習場に移動するには、必ず通らないとならない道がある。

その道こそが教官が圧死した現場であるのだが、その死亡現場に教官が現れるようになった。

昼間、夜間を問わない。徒歩、車両移動も関係ない。

演習のため、そこを通りかかると教官が立っている。

何か言いたげに隊員の行く手を遮る。

そんな様を目撃する隊員が次々に現れた。

部隊は騒然とした。

「やはり教官は成仏していないのではないか」

誰ともなくそういう話が持ち上がり、そのうち幹部も看過できなくなってきた。

そして、とうとう隊として慰霊碑を建立することになった。

件の事故現場に建てるのが筋だろう、と誰もが思ったし、そのように設置された。

盛大に建立式をやって、鎮魂を願った。

それで事が終われば良かったのだが、そうはいかなかった。

今度は慰霊碑の隣に教官が立つようになった。

隊列を見守っていたり、車両通過を見送っていたり、ただただ隊員を凝視しているだけのときもあった。

その頃になると、隊で教官の姿を見ないもののほうが少数派、というくらいには目撃者が多数になっていた。


「それでブルーシートを？」

「そうだ。ブルーシートでぐるぐる巻きにして、営舎の裏に慰霊碑ごと移動させた」

斯《か》くして、演習場への道すがらに教官が現れることはなくなった。

だが恐らく多分、今も慰霊碑のほうにくっついているんじゃないか、と。

桜井三曹は五年前に見た、屋根を黒く覆い尽くすほどのカラスの群れを思い出した。

つまり、慰霊碑は教官ホイホイとして教官の霊を留めてはいるが、慰霊も鎮魂もできてはいない、と。

ところで、件の戦車はどうなったのか。

戦車というのは頑丈なもので、運搬車の荷台から落ちたくらいではびくともしない。しないはずなのだが、教官を押し潰した事故以来、その事故車両は不具合が頻発するようになった。

砲塔が止まり、砲身が動かず、履帯の一方が何かを噛んで転回に支障を来し、挙げ句エンジンが不調を起こして掛からない。オーバーホールも行われたが、部品に問題はなく整備状況に何ら落ち度はないのに、極めて信頼性に乏しい状態になる。

防衛装備品というのは高性能であることも重要だが、それ以上に「確実に意図通りに動くこと」が何より重要である。理由の分からない不確実性でここぞというときに動かないのが最も困る。

こうなると、実戦配備どころか演習で使うことすら厳しくなってきた。

誰もが教官の祟りを思い浮かべたが、「幽霊が出るから戦車を廃車にしたい」などとはさすがに言い出せないので、現場も大いにこれを持て余した。

ならば、共食い整備用にパーツ取り車にするのはどうか、という意見も出た。生産終了しているがまだ現役の車両整備用に、同型機から部品を抜き取って使うというのは、実際によくあることだ。

が、仕事柄ゲン担ぎにうるさい隊員も多く、「呪われた戦車のパーツを流用するだなんて」と敬遠された。命を守る装備品は、隊員の命に関わるものでもあるので、不安要素を自ら抱え込むなど誰もしたくない。

そのうち、動態保存状態で整備に支障はないのに「常に整備中」という状態に置かれたものの、いよいよ行き場に困って、博物館の展示車両にするということでけりが付いた。

彼《か》の車両はそうして、漸く搬出されていったので、今は駐屯地にはない。

「お伺いしますが、その戦車っていうのは」

「ナナヨンだな」

九〇式、さらには一〇式に世代交代が進んだ今、七四式は昭和を代表する古い型式の戦車である。

「七四式ってことは、もうじき全車両退役ですよね。動態保存車両もあるかもしれないけど、残りもスクラップになるだろうし」

「そうだな。なのに、教官の恨みが染みついてるその車両は、お祓いも解体もされずに何処かの博物館で今も展示され続けてる。つまりこれは、そういう話だ」

今般、日本の周辺諸国は何かときな臭い。

二〇二四年三月で完全退役した七四式戦車だが、この安全保障情勢を鑑みて防衛省は二〇二四年八月に退役戦車の廃棄を取りやめることになった。

これらの退役装備品は継戦能力を維持するため、必要に応じて整備・長期保存されていくことになる。

つまり、件の七四式も、巡り巡って再び何処かの駐屯地に「現役」として復帰してくる日が来るかもしれない。

由来を知らない隊員が、そうと知らずにそれに命を託す日も来るかもしれない。

そんな日が来ないことが何より望ましい。

脱柵

自衛隊員の任期は、定年まで勤める若年定年制と二～三年を一任期とする任期制がある。任期制の場合研修後に配属となるが、長期航海や技術習熟の必要な海上自衛隊、航空自衛隊の一任期は三年、若さ、頑健さが期待される陸上自衛隊は技術職などを除いておよそ二年を一任期に数える。

経験と肉体を酷使する自衛隊の定年は公務員の中では早く、幹部を除いて概ね五十代半ばくらいまで。

これに対して定年までずっと勤め上げるのではなく、若いうちの一定期間のみ任官するという任期制度もあって、こちらは除隊後まだ若いうちに再就職して早めに社会に復帰できるなどのメリットがある。

長く自衛官を勤め上げられるなら、それが望ましい。しかし、自衛隊の生活は過酷であり、体力よりも寧ろ精神面で長期の任務に耐え続けられる者ばかりではない。故に、脱落者はどうしても出てくる。これぱかりはどうしようもない。

中山さんの息子さんは、自衛官である。

自衛官を志した息子さんが心配でないと言ったら嘘になる。母親として思うところはあるが、当人が覚悟を決めて選んだ道なら応援してやりたい。

それでも、営内暮らしで滅多に帰ってくることのない息子さんの無事と息災を願わない日はない。

ある日のこと、息子さんの勤める駐屯地から連絡があった。

「そちらに息子さんはおられますか」

唐突な問い合わせであった。

「うちの息子は駐屯地にいるのではないのですか」

訝って訊ねると、電話口の相手は一瞬口籠もって、それから続けた。

「息子さんは、現在駐屯地内に姿がありません。点呼に現れないため、営内及び周辺を捜索しておりますが、実家のほうに戻っているのではないか、と思い、御連絡差し上げた次第です」

事情が飲み込めなかった。

いや、言わんとしていることは分かる。息子さんは消息不明、ということだ。それは分かる。ただ、そうする理由が分からない。

駐屯地へ行くべきか、それとももしかしたら帰ってくる途中かもしれない息子を自宅で待つべきか。

入れ違いになるのを恐れたが、それでも事情を知るべく中山さんは息子さんの任地に車を走らせた。

駐屯地は物々しい空気が漂っていた。

駐屯地の周辺は住宅地と畑が広がっているが、少し足を延ばせば山地にも近い。装備もない状態で山に入り、ヒグマと遭遇しているなど起こりえない、とも断言できない。

息子さんの直上の上官から、中山さんに説明はあった。

「御足労いただきありがとうございます。息子さんについてですが、直近まで特に様子に異状はなかったと思います。ただ、最近ややノイローゼ気味だったようです」

中山さんは記憶を探るが、以前の帰省のときにはそんな素振りはなかった。

「一人で駐屯地内の巡回に出たのですが、その後、帰ってきませんでした」

息子さんは脱柵（脱走）の可能性が疑われている訳だ。

これは職務放棄であり規律違反に当たるため、もし脱柵であるなら停職処分が下される可能性がある。

すぐに免職されるとは限らないが、当人にも脱柵者を出した上官、部隊にとっても不名誉なことではある。故に、可及的速やかに確保したい訳だ。

「過去の経験上、脱柵者は家族・実家に戻るケースが多いため、急ぎ一報を入れさせていただきました。引き続き捜索を続けますが、もし彼が帰宅するようでしたら駐屯地まで御連絡いただけませんか」

「事情は分かりました。息子が入れ違いで帰っているかもしれないので、私は自宅で待ってみます」

帰宅後、こっそり帰って隠れているのではないかと自宅をくまなく探してみるが、やはり息子さんの姿はない。最悪の事態が起きていなければいいが、と気を揉んでいたが、夕方近くになって駐屯地から連絡が入った。

「息子さんですが、見つかりました。身柄は確保しまして、現在病院で措置されているところですが、命に別状はありません」

安堵《あんど》から腰が抜けそうになった。

息子さんは駐屯地の中にある倉庫内で発見された。

営内捜索を行っていた同僚が件の倉庫に踏み入ったとき、息子さんは備蓄されていたガソリンをジェリカン（ガソリン携行缶）から飲もうとしているところだった。

「やめんか！」

「離せ！　離して下さい！　こいつを飲まなければいけないんだ！」

完全に錯乱状態だった。

ガソリンなど飲めば死んでしまうし、身体に被っても危うい。気化熱で一瞬にして体温を奪う。

万が一のことがあったとき、灯油は燃え上がるがガソリンは爆発する。

そして、息子さんが潜んでいた倉庫は、そうした可燃物危険物が満載されている。

屈強な自衛官と言えども、万が一のときには倉庫ごと吹き飛びかねない状況で、暴れる自衛官を取り押さえるのは簡単なことではなかった。

彼は自衛官の全力で一頻り暴れた後、糸が切れたように昏倒《こんとう》した。

その後、意識を取り戻した息子さんに事情聴取したところ、不正規行動を取るに至った経緯を彼は全く覚えていなかった。

「巡回に向かったのは覚えています。ただ、巡回中に意識を失って……気付いたら病院にいました。途中の記憶はありません」

憔悴《しょうすい》する彼は、何某《なにがし》か言い淀んだ。

「自分は職務放棄をしてはいません。ただ、あの倉庫は……以前から〈何か出る〉と評判でして。ええ、幽霊とか、そういう類のものです。同期も先輩も皆巡回を嫌がっていました。二人一組で巡るべきところ、同行者が皆辞退するので……仕方なく自分はあの倉庫に一人で入りまして。倉庫に入ったのは確かです。その後の記憶は……どうしても思い出せません。すみません」

件の倉庫では、以前、自衛官が自殺している。

自殺に及んだ理由は、人間関係を苦にして。要するにパワハラ、シゴキとイジメに耐えかねて、ということであったらしい。

実のところ自衛官の公務死の死因として、自殺は年間数十名にも及ぶ。何なら演習中の事故死よりも、演習後の自殺のほうが遥かに多い。

自衛隊では死が身近にある。メンタルをすり減らす特殊な状況に耐えかね、自ら死を選ぶ者もそれだけ多い。

中山さんの息子さんは、その後も頑張った。

二期四年を勤めたが、結局厭になって辞めたという。

女がいるか

防衛を担う自衛隊駐屯地は、実質的には軍事施設である。

実弾、実銃、その他の防衛装備品、要するに武器兵器の類が厳重に保管され、機密として管理されている。

であるので、営内及びその周辺への不審者の接近・侵入に対しては、他国の軍事基地同様に恒常的な警戒を欠かさない。

これは、演習場と隣接する原野の駐屯地であろうと、住宅街と隣接する都市部の駐屯地であろうと変わらない。

駐屯地の人員の出入りと、営内外の施設警戒のため駐屯地警衛隊が編成され、この任に当たる。

平時にあっても、実弾を装弾した実銃の携帯が許される役職である。


とある関西の駐屯地での話。

この駐屯地は、都市部からは離れた場所にあった。

が、北海道の原野ほどの郊外という訳でもない。ぽつりぽつりと民家と田畑が見えるような、そんな地域だ。

この夜、巡回当直の任に当たっていたのは、高見沢士長と宮本二曹のコンビ。

道路灯は、「一応ある」という程度で道は暗い。

月明かりのない夜道など、照明がなければ殆ど視界が得られない。

暗い道を最初の連絡ポイントを目指して進む途中、無線に着信があった。

『こちら警衛指令。今、連絡したか。オクレ』

声の主は今夜の警衛指令である三尉である。

「宮本です。特に発信しておりません。オクレ」

『……女の声で着信があったんだが。オクレ』

「女て……巡回員、宮本、高見沢いずれも男であります。オクレ」

『知っとるわ。女の同行者はいないんだな？　オクレ』

「おりません。僕らじゃないです。オクレ」

『そうか。では、巡回任務を続行せよ。以上』

通信は切れた。

「何なんですかね」

高見沢士長が訊ねたが、宮本二曹も合点がいかないらしい。

「混信かな」

「自衛隊の無線に民間人が混信とか、ありますゥ？　それはそれでヤバいんじゃないですかね。別の意味で」

「せやな」

二人はそれっきり押し黙り、黙々と連絡ポイントに向けて歩を進めた。

遅い時間だったが、近傍の民家に明かりが点いている。

その民家の明かり以外には、目印になりそうなものが何もない。

民家の明かりを横目に、想定していた連絡ポイントに到着した。

本来ここから駐屯地にいる警備指令に連絡を入れ、状況報告を行うことになっている。

しかし、辿り着いてみるとどういう訳だかその警備指令当人が、連絡ポイントに先着していた。このためだけに、1／2《ハーフ》tトラックで先行してきたらしい。

「お疲れ様です」

宮本二曹が警衛指令に頭を垂れた。警衛指令は顔を上げ、開口一番に訊ねてきた。

「お前ら今来たのか」

「今です」

警衛指令は、宮本、高見沢両名以外に同行者がいないか、と疑っているようだった。

もちろん、ここまでの道のりは同道二人、宮本二曹と高見沢士長のみである。特に不審者を拘束したとか、迷子を保護したといったことはない。

「一体さっきから何なんですか」

高見沢士長が問うと、警衛指令は首を捻り、

「巡回員以外から連絡が入るんだよな」

「さっきも言ってはりましたね」

「いつも、この連絡ポイントからなんだ。そして、いつも女の声。うちの駐屯地にＷＡＣはいないし、不審者なら問題があるし、もし巡回員が任務中に民間人をナンパでもしているなら、それはそれで別の問題になると思ったんだが目撃情報はないし……」

上官は、部下二人の報告に疑義がないことを自身の目で確認したかったらしい。

そんな話を聞かされた、後のこと。
日中、件の連絡ポイントの近くを通りかかることがあった。
明かりの点いていた民家……だと思っていたそれは、崩落寸前の廃屋だった。

塹壕《ざんごう》キャバクラ

日本人は学校で教わる戦争の知識が二次大戦辺りで止まっていることもあってか、よほどミリタリー、歴史、安全保障方面に興味があるのでない限り、「戦争、軍事、軍隊」の知識が乏しい人のほうが多いのではないだろうか。

しかし、近年のウクライナ侵攻やガザ侵攻、北朝鮮の弾道ミサイル実験などきな臭い報道が増えたことから、戦争にさして興味のない一般人の軍事関連知識もアップデートされつつあるようにも思う。ミサイルや爆撃機、ドローンなどが最新鋭の戦争の主役として注目を集め、リアルな戦場の風景をSNSなどで見かけることも増えた。

ウクライナ侵攻での最新鋭兵器の登場は、門外漢には塹壕戦などを黴《かび》の生えた時代遅れのものであるかのように錯覚させてしまったが、実のところ陸戦に於ける枯れた戦術は現代でも十分に通用することが浮き彫りになった。

陸上自衛隊は「海外の敵国に攻め込む」ということは想定されておらず、あくまで「敵性戦力が本土に着上陸した折、これを迎え撃つ」という思想で整備、訓練されている。このため、歩兵である普通科連隊のすることは、八十年前とあまり変わらない。陣地を構築し、塹壕から応戦し、敵性戦力とその拠点を制圧する、などなど。

そして、そうした戦術は日頃の地道な訓練があってこそ、となる。

二十一世紀初頭頃の千歳の話。

この日の訓練は、塹壕戦演習であった。

土嚢《どのう》を積み地面を掘り下げて作った模擬塹壕を陣地として、これを死守せよ、というものである。対抗する小隊には、「敵の塹壕を襲撃して奪取せよ」という逆の指令が下っている。

夜戦装備が充実した現代に於いて、夜は寝るから休戦——などはあり得ないから、「夜間の奇襲もあり得るもの」として夜間演習が実施された。

陣地警戒役は二人一組。

異状があったとき、一方がもう一方を援護できるし、不測の事態が起きたときにいずれか一人が状況把握して報告する役を担わなければならないためだ。

今宵の警戒役は草野三曹と三輪二士の二人。

当然ながら、照明などは一切ない。明かりを点ければ陣地の場所がバレてしまうからだ。

これは攻め手も同じで、光源なしで接敵してくる。

暗闇に目を慣らし、視覚以外の感覚をフル活用して気配を追うのである。

そして、今正に二人は陣地に接近してきた敵を把握していた。

塹壕のすぐ近くに確かに気配があるが、幸いこちらは敵を威嚇《いかく》できる位置にいた。

星明かりすらない暗闇なのに、その闇の中に一際暗い人影がある。

「誰か」

草野三曹は気配に向けて誰何した。

互いに鼻先も見えないような暗闇の中にいる。味方を誤射する訳にはいかないからだ。

「誰か」

再び誰何。

演習場に民間人が入り込むことはないが、野生動物はいるかもしれない。

故に三回誰何して返答がなければ、敵として発砲してよい、というルールになっている。

「誰か」

三度誰何。

返答はない。演習用であって実包ではないとはいえ、狙いも定めず虚空に撃つ訳にはいかない。

闇に潜む影が僅かに動いた。これは奇襲失敗を意識して、襲撃を諦めて撤退するつもりなのではあるまいか。

「出ます」

三輪二士が塹壕から出て、気配のする方向に向かって追跡を開始した。

三輪二士を援護しつつ警戒を続けていた草野二曹のところに、ちょうど司令部から着信があった。

『こちら本部。現状報告せよ。オクレ』

「草野です。たった今、接敵を受けまして三輪が追跡中です。オクレ」

『ああん？　嘘吐け！』

無線の向こうで隊長が怒気を孕《はら》んだ声を上げる。

『お前ら、サボってキャバクラにいるだろ！　オクレ！』

「ハァ？　何ですって？　よく聞こえませんでした！　オクレ！」

『だから！　任務放棄して、演習抜けだして、キャバクラにおるだろうが！　オクレ！』

「何で！」

『ごまかしても無駄だ！　お前の後ろから若い女の声が聞こえてんだよ！　今から陣地に確かめに行くからな！　以上！』

「おい！　女は！」

それから五分も掛からず、隊長がすっ飛んできた。

「いませんよ！」

「三輪は！」

「敵影ありで、追跡に出てます！」

隊長によると、大音量の女の声が聞こえていたらしい。キャバクラかガールズバーか、あまりの騒がしさ姦《かしま》しさに、演習を抜けだしてそういう夜のお店に伏兵していたのではないか、と疑ってカンカンになって飛んできたのだという。

と、そこにちょうど三輪が戻ってきた。

「三輪です。帰投しました」

「敵影は？」

「ロストしました。途中で気配が分からなくなって……あれ？　何でここに隊長が」

「お前、女連れて逃げてたとか、女を逃がしたんじゃないだろうな」

「何で！」

霞ヶ浦の学生

私事になるが、著者（加藤）の地元・沼津は沼津兵学校など軍に縁のある海軍の町でもあって、海軍軍人を間近に見る機会の多かった少年時代の亡父は「いつか自分も予科練に入ってゼロ戦に乗るつもり」だったと聞いた。尤も、亡父が小学六年生の夏に終戦を迎え、終《つい》ぞゼロ戦乗りになることはなかった。

予科練――海軍飛行予科練習生は、その名の通り帝国海軍が全国から募った優秀な若者を戦闘機搭乗員として速醸育成するために創設された。当初神奈川県横須賀に設置された後、霞ヶ浦に移転し、土浦海軍航空隊が予科練教育専門の部隊として設置された。

予科練の敷地や施設は意外にも海自ではなく陸自が引き継いでおり、予科練の跡地は陸上自衛隊土浦駐屯地として、陸自で武器兵器の教育を行う武器学校に様変わりしている。

予科練の名残は、土浦駐屯地に隣接する予科練平和記念館としてのみ残っている。

このため、武器教育などで土浦駐屯地に赴く機会がある自衛官は、大抵一度は予科練平和記念館を見学するらしい。

ざっくり四半世紀くらい前の話。

宮沢一尉は、霞ヶ浦の見える駐屯地で教官の任に就くことになった。

曹士の隊員と違って尉官以上の幹部自衛官は営内宿舎には泊まれないため、営舎ではない古い隊舎が宿舎に当てられた。

隊舎と言っても相当年代物の施設で、聞くところによると旧軍が兵舎として使っていたものだそうだ。そんな古い施設であっても、廃屋として腐らせることなく現役で維持運用するところが、自衛隊らしいと言えばらしい。

木造二階建ての隊舎は、一階、二階ともそれぞれ三室しかないこぢんまりした建物だ。

一階の両翼はロッカーが詰め込まれているだけの部屋である。倉庫のようでもあるが、頻繁な出入りはあるようだ。

一階中央は事務室。ただし、夕方五時以降は使用不可である。隊則なのか慣習が継承されているだけなのかは分からない。

二階の三室が士官が宿泊できる部屋で、それぞれ個室として供されている。

個室はなかなか広い。古い隊舎と聞いてビジネスホテルさながらの窮屈な部屋も覚悟していただけに、十畳もの広さを一人で使えるのは有り難い。

室内にはベッドと机が置かれただけで殺風景ではあるものの、窓の外には霞ヶ浦を見晴らすことができ、眺望はなかなか良い。漁船か道路灯、はたまた対岸を走る車のヘッドライトらしき明かりが、少しずつ日暮れていく霞ヶ浦の水面に揺れている。

昼間は教官として教鞭《きょうべん》を執り、学生隊員の指導を行った。自衛隊幹部教育では学生と言っても必ずしも年下の若者とは限らず、教官より大分年上の学生であることも珍しくはないため、教官を拝命するとなかなかに気疲れする。幸い、夜間の自由度が高かったのは有り難かった。

授業を終えて隊舎の自分の部屋に戻ってきたところ、同僚教官が訪ねてきた。

「宮沢さん、お疲れ。どうだい、飲みに行かないか」

現在では飲酒目的での夜間外出は規制されているが、当時はまだそこまではうるさくなかった。仕事上がりに街に繰り出して飲みニュケーション、というのが自衛隊員にもまだまだ許されていたのだ。

が、駐屯地周辺にはあまり店が充実しておらず、駐屯地から駅前まで出るには少々距離がある。出かけるのも少し億劫《おっくう》だった。

「お誘いありがとう。でも、今日は本を読みたいんだよね」

「教本かい？」

「まあな。今日はやめとくよ。まあ、また誘ってくれ」

「そうかい。俺と飲みたくなったら、いつでも連絡くれ」

と、同僚は特に粘ることなく諦めて一人で出かけていった。

足取り軽く出かけていく同僚を見送り、再び教本と資料に目を落とす。

宵闇は過ぎ、窓の外はもう大分暗い。

霞ヶ関は今はもうただただ暗い海のようで、先程まで揺れていた漁船らしき明かりも見えなくなっていた。

――バリバリバリバリ……。

雷鳴が空気を引き裂く音。或いはそれによく似た轟音《ごうおん》が響く。

――パリッ。バリバリバリ……ドンッ！

何処かに落ちたかな。

不思議と稲光は見えない。

地響きもない。

室内灯は点いていたはずだが、どうにも室内が暗く感じられる。

まるで、霞ヶ浦を埋め尽くす闇が部屋の中に流れ込んできたかのようだ。

と、人の気配を間近に感じた。

同僚が出かけて久しいが、戻ってくるにはまだ早すぎる。

日没後に教官の宿舎を訪ねてくる学生はいまい。

誰か。

脳裏に疑問が浮かんだ。

衣擦《きぬず》れ、草を踏む足音、人の吐息、身動《みじろ》ぎから発する様々な音。そうしたものをして、気配と呼ぶ。闇に伏して神経を研ぎ澄ます機会の多い自衛官は、だからそうした「気配」を汲み取る才を備える者も珍しくない。

誰か。

そう言葉を発する前に、部屋の入り口を振り返った。

そこに、いた。

詰め襟の学生である。

教育隊の学生ではない。一瞬、中学生の学ランを連想したが、それではない。

白い詰め襟のそれは、つい最近、何処かで見かけたばかりであるように思う。

制服姿の学生は、驚いたような、困惑するような、意外なものを見るような、そうした戸惑いを感じる。

場違いな誰かが自分のパーソナルスペースに居座っているのを見かけたとき、どう声を掛けるべきか一瞬躊躇《ちゅうちょ》する。あれが一番近いかもしれない。

誰か。

三度挑んだが、声は出なかった。身動きも取れない。

椅子に腰掛けた姿勢のまま、指先一つに至るまで硬直している。

部屋の入り口に立ち尽くす詰め襟の学生と宮沢一尉の間を隔てるものは何一つない。

二人は互いを視界の中に入れたまま、見つめ合っている。

どれほどそうしていたか分からない。

が、詰め襟の学生は程なくして視界から消えた。

立ち去った、という風ではなかったと思う。それこそ、一呼吸、瞬き一つの刹那にその姿は消えていたから、消え去ったというのが一番近い。

自由を取り戻した身体を起こして、室内、廊下、隊舎の外までをも確認するが、あの目立つ白い詰め襟姿は何処にもなかった。

実際の経過時間は五分か十分にも満たなかったが、体感時間はそれよりずっと長く感じられた。

闇に沈んだかのように思われた霞ヶ浦には、ぽつりぽつりと漁船の明かりが戻りつつあった。しかし、雷鳴が轟《とどろ》き、詰め襟の学生が現れたあの一瞬だけ、全く別の土地、別の時に紛れ込んでしまったかのように思えた。


二十一時を過ぎた頃、ほろ酔いの同僚が帰ってきた。

夢幻のようではあるが、白い詰め襟の学生らしきものを見た、という話をすると、

「ああ、それ。予科練の幽霊だよ」

と、事もなげに言う。

「ここに泊まると必ず出るんだよな、それ」

隊舎の利用者の間では常識だということだった。

「いや、それ先に言えよ」

「だから飲みに誘ったじゃないか。まあ、この隊舎に宿泊する者にとっての洗礼みたいな

もんだと思ってくれ」

なるほど。

同僚によると件の幽霊は日没後からのあの宵の口の時間に決まって現れる、ということだった。

撃退も説得も相手のしようもないので、出くわさないようこちらが時間をずらし、出没時間は幽霊に譲るようにしている訳だ。

後日、改めて予科練平和記念館を訪れた。

白の詰め襟は夏服、紺の詰め襟が冬服であったらしい。確かにあれは、予科練生の出で立ちそのものだった。

なお、次の日から、宮沢一尉も同僚と一緒に飲みに行くようにした。

白壁兵舎

自衛隊の駐屯地には、時折ぎょっとするほど古い建物が残っていることがある。

前述の通り、自衛隊に下りる防衛予算は皆が思っているほど潤沢ではなく、また特に施設、建物にはあまり回ってこないものらしい。このため、半世紀以上昔からあるもの、旧軍時代に建てられたものが現役で使われている駐屯地はままある。

廃屋かな、と思ったら現役隊舎だったり、実は歴史的に価値ある建築物だったり、古参からの申し送りで「処分の先送り」になっているだけのものもある。この辺り、自衛官に取材をすると多くの方から異口同音に出てくる話なので、どうも自衛隊あるあるらしい。


新潟県魚沼には、明治期に建てられたという隊舎があった。

木造兵舎としては国内最古らしく、正確な竣工年は明治七年（一八七四年）に遡る。明治初期に、江戸時代の残滓《ざんし》として残っていた城郭を破壊解体した後に出た部材を、リサイクルして建設された由緒ある建築物である。

木造二階建て、外壁は漆喰《しっくい》で白く彩られ、〈白壁兵舎〉と呼ばれ親しまれた。

この兵舎、御多分に漏れず長らく現役隊舎としても使われていた。

とはいえ一階は倉庫代わりであったし、二階も現代の気密住宅とはほど遠い造りであるため豪雪地帯の冬を過ごすには何かと厳しい。

階段を歩けば足音が響き、ともすれば廊下は歩くだけでキィキィと軋《きし》む。老朽化した木造建築というのは、造りがしっかりしていたとしてもこうした軋みからは逃れられない。

しかしながら、この適度に草臥《くたび》れた古い建物は、陸自隊員の訓練に打って付けだった。

陸自の実戦訓練というと、どうも野戦服で泥まみれになりながら野山草原を這いずり回るイメージが強い人もいるのだろうが、屋内戦を踏まえた訓練も行われている。例えば、市街戦となって、建物内に潜んだ敵を掃討する、などが想定される。

そこで、「古い木造建築の中で、足音を忍ばせる訓練」が実施された。要するに、明かりのない真っ暗な階段を静かに上がって、廊下を静かに歩き、静かに戻ってくる訓練という、それだけのものだ。

まず教官が手本を見せつつ、二階に上がる。

姿は闇に飲まれてすぐに見えなくなったが、さすがに慣れた足運びで、階段を上っていくのに殆ど足音が聞こえない。

上階から、

「一人ずつ上がってこい！」

と声がする。

十名の訓練生は、指示された順に一人ずつ階段を上がっていく。

訓練生はすり足で、或いはゆっくりと踏み板を踏んで階段を上っていく。

もちろん、照明で照らしたりなどはできない。暗闇で明かりを点けようものなら、敵から丸見えになり、撃ってくれと言わんばかりの標的になってしまうからだ。

闇に目を慣らしつつ、半ば手探りに歩かねばならず、なおかつ足音も消せ、という。なかなか過酷である。

これを教官は床に這い蹲《つくば》り、床板に耳を付けて音を聞く。

大抵は、普通に足音が聞こえる。

慎重な奴でも、体重を掛けた踏み板が「キィ」と鳴るのを完全に防ぐのは難しい。

二階の闇に潜んだ教官は、訓練生の未熟さを聞きつつ、再訓練メニューをどうしてくれようか、と思案していた。

さて、全員が上がって下る訓練を一通り終えた。

が、なかなか教官が下りてこない。

「俺達が静かに歩きすぎて、教官寝ちまったのかな」

「そんな訳あるか。お前の足音とか、階下にいても丸聞こえだわ」

訓練生達が軽口を叩いているうちに、教官が階段を下りてきた。

「お前ら全員再訓練かと思ったけど、最後の奴は良かったぞ！」

何やら興奮気味に言う。

気配は分かる。だが、足音が一切ないんだ。

階段を上ってくるのは分かるのに、だ。

俺は二階の廊下に這い蹲って音を聞いていたんだが、俺の横を通り過ぎて空気が動いた
……そうだな、風の動きは確かにあった。

だが、俺の真横を歩いているのに、足音が一切せず何処にいるのか分からない。

とにかく、見事としか言いようがない。

「それで、最後の奴は誰だった？」

「あ、俺です」

おずおずと訓練生の一人が手を挙げると、

「いや、志村二曹、お前じゃないだろ。お前は足音も床の軋みも聞こえたし、何なら鼻息まで聞こえたぞ。一番ヘタクソだった」

「いや、でも俺が最後で」

「最後だぞ？　十一番目の奴は誰だ」

訓練生は互いに顔を見合わせ、再び志村二曹が挙手して答えた。

「あの、十名です。今日の訓練の参加者は、総員十名です。俺が十番目で、俺より後はいません」

教官は言葉に詰まる。

「ここ、出るんですよ」

訓練生は〈何が〉とは言わなかった。

「ここの、一階の倉庫に荷物を取りに行ったときにですね」

言われた荷物を探していると、そこに上官が入ってきた。

「貴様、何をしておるか」

「ハイッ。備品を探しております！」

「備品とは何だ。貴様、所属と階級、氏名を言え」

「ハッ。第三十普通科連隊所属、二等陸曹、志村であります！」

「フツウカ連隊とは何だ！　そんな連隊はないぞ。貴様、適当なことを言うな！」

激しく怒気を孕んだ怒号が飛んだが、早口であるのと訛《なま》りが酷くて聞き取れない。

一頻り「ふざけたことを言うな！」と説教を続ける上官をまじまじと見ると、現職自衛官の服装ではない。

というより、カーキ色のそれは旧軍の軍装である。階級章も陸自のそれとは全く異なる。

……コスプレ？　駐屯地内で？　いや、それはないよな。

私服？　階級章付きの私服……いや、それもないよな。

訳の分からない説教が右から左へ抜けていく中、この偉そうな相手は本当に上官なのかどうか疑わしくなってきた。

やがて上官は入ってきた入り口から出ていった。

その上官の名前を聞くのを忘れていたと思って、後を追いかけた。

が、上官の姿は廊下に出たところでかき消えていくところだった。

「……そういう訳で、ここ出るんですよ。旧軍の方が」

こうした施設は大抵は駐屯地のベールの奥にあって実際に探訪する機会はほぼない。が、白壁兵舎はその後、移築されて〈白壁兵舎広報資料館〉として活用されており、民間人でも入館料無料で見学することができる。

館内一階、正に志村二曹が出くわした場所には、血塗れの旧軍軍服が展示されている。移築後、資料館に衣替えされて、一般公開されるようになった今も〈出る〉という噂が絶えない。

営外通勤

九州のとある駐屯地の話。

とあるWAC《女性自衛官》が亡くなった。

死因などについては明かされていないので、ここでは掘り下げない。

件のWACは三十代くらいとまだまだ若かったが、将来を嘱望された職務に熱心な自衛官であった。

「あの子は望んで入隊し、自衛隊に人生を捧げるつもりでおった、と聞いとります。どうか、最後のわがままを聞いちゃもらえませんでしょうか」

父親らしき御遺族から伏してお願いしたい、と申し入れがあった。

葬祭場から火葬場に向かう際、霊柩車を基地に寄らせてもらえないか。

最期に娘に基地を巡らせてやってもらえないか。

「なるほど……承知しました」

本来、これは相当異例なことである。WACの御遺族に配慮した上官が、上長に掛け合ってくれて特別に許可が下りた。幹部自衛官でもない隊員のための措置としては、この駐屯地では例外中の例外と言っていい。

葬儀当日、黒塗りの霊柩車が駐屯地にやってきた。

――プワアアアアアアアアアアアアンンン……。

霊柩車は、クラクションを長く鳴らしながら駐屯地内をゆっくり一周する。

上官から事情を聞かされていた隊員達は、戦友の乗る黒い車に頭を垂れて、最期の別れとしてこれを見送った。

任期を終えて、或いは止むに止まれぬ事情で除隊していく隊員はこれまでにもいたが、志半ばに去っていく自衛官の見送りとして、これほど辛いものはない。


その翌日。

駐屯地の日常は変わることなく巡ってくる。

「おはようございます」

「はい、おはようさん」

毎朝のやりとりを経て、営外からやってくる幹部自衛官がそれぞれの任務を開始する。

そんな中、「おはようございます」という挨拶とともにゲートを抜けていく者がある。

警衛が顔を上げると、ＷＡＣの後ろ姿が視界に入った。

それは、前日見送ったはずのＷＡＣだった。ような気がした。

「……いや、まさか、な」


翌日もまた同様に、ＷＡＣは出勤してきた。

「おはようございます」

警衛の目の前を堂々と通過していくのだが、怪しいところは何処にもない。姿が透けて見えるでなし、足が付いていない訳でもなし。

隊舎に入るところまでを、その場に居合わせた全員が見ている。

ただ、それが「駐屯地の皆で見送ったはずの、既に死んだ人物である」という点だけが問題だった。

警衛がＷＡＣの後を追いかけていった。

あともう少しで肩を掴める、というところでＷＡＣのほうが一足早く隊舎に入った。

間髪入れずに隊舎に飛び込むが、何処にも彼女の姿はない。

そんなことが毎朝繰り返され、しまいには隊舎の廊下を歩いているところまで目撃されるようになった。
彼女の部署まで追いかけていって廊下からその部署の部屋に入ると、やはりそこで姿は消えてしまい、室内にはいない。

特に何をするという訳でも、何かに累を及ぼすということもなかった。
彼女は粛々と通勤してきて、自分の部署に向かって消えていく。
ただそれだけを繰り返している。
ほぼ駐屯地の全ての隊員が承知のうえで、彼女の通勤は続いた。
その頃になると、上官も司令も知るところとなっていたが、打つ手なしであった。
捨て置けない事態ではあるものの、自衛隊の装備品では対応できない。
結局、四十九日を過ぎる頃までＷＡＣの通勤は毎日続いた。
四十九日を過ぎると、ぱったりと現れなくなった。
ＷＡＣの死の当日から葬儀まで一週間ほど合間があったのだが、その期間中には彼女は現れなかった。

霊柩車による送迎があった葬儀の翌日から通勤が始まったことを考えると、駐屯地までの道順が分からなくなっていただの、肉体が此岸《しがん》に残っているうちは魂が離れられなかったのではないかだの、幾つかの仮説を立てることはできる。

だが、どれも決め手にはならない。

ともあれ、今次の経験もまた隊にとっての戦訓となった。

曰く――。

〈隊員に死亡者が出た際、死因の如何を問わず死後の御遺体の駐屯地への訪問要望は、これを固く遠慮すること〉

基地帰投

自衛隊駐屯地の警衛は、自衛官によって編成されている。

が、これとは別に、民間の警備員に警備を委託するケースも珍しくない。例えば、ゲートの警備担当であるとか、入出の管理を行う守衛業務であるとか。これは、自衛官とは別に「防衛事務官」という。

駐屯地に民間人が出入りするほか、逆に民間の協力会社に自衛隊が出向しているケースもある。

例えば、航空自衛隊の保有する装備品、航空機の整備では、民間企業の基地に実務作業を委ねているものも珍しくない。

もちろん、自衛隊の装備品を扱うとなれば、そこは基地に準じる体制で備えなければならない。

このため、民間企業の基地であっても警衛隊が置かれ、歩哨《ほしょう》が立ち番に立つ。

立ち番は隊員の出入りをチェックするが、隊員が基地に帰投する場合は「お疲れ様です」

と声掛けして敬礼する。

このように歩哨は儀礼的振る舞いや不動の姿勢で知られるところである。


とある民間基地の話。

立ち番に立っていた歩哨の士長の前を、見慣れた隊員達が通過していく。

「お疲れ様です！」

声を掛け敬礼したが、この日は誰一人として返礼がない。

相手はヘリ搭乗員である。

そして全員が歩哨を勤める士長より上の階級であったため、返礼がなくとも必ずしも礼を失するとまでは言えない。

全員がそんな調子であったので、何やら覇気がなく不機嫌そうだ、とだけ思った。


数日後、士長は彼ら帰投隊員の不機嫌の理由を知ることとなった。

整備を終えて協力企業の基地から発進した哨戒《しょうかい》ヘリが、日本海側沿岸部で事故によって墜落していた。飛行中、空中で機体からブレードが外れるという、あってはならない重大事故だった。

件の事故は、前述の士長が歩哨に立っていたのと正に同時刻頃に起きており、搭乗員はその全員が死亡している。

巡回怪談

自衛隊の駐屯地・基地というのは、多くの場合、旧軍の施設や敷地を引き継いでいる。このため、「敷地内の不審事」には事欠かないのだが、だからといって日常的な警戒の手抜きをする訳にもいかない。このため、何処の部隊も警衛部隊による巡回は欠かさず行われている。

*

事情により仔細を特定できないが、南西諸島のとある基地の話。

施設内の巡回は、基本、徒歩で行うことになっているのだが、巡回を担当する隊員から上官に意見具申があった。

「車で巡回させて下さい」

上官は首を捻り、そして訝った。

「楽をしてパーっと走って終わりにしようという目論見か？」

楽にはなるだろうが、それでは不審者を見落とすかもしれない。それでは困る。

難色を示すと、当直の三曹が悲痛な声を絞り出した。

「怖いのです」

「怖い、とは。お前、自衛官だろうが。それ以前に大人だろうが」

呆れて諭すと、

「自衛官でも大人でも、怖いものは怖いんです」

聞くと、米兵が出るのだという。

土地柄、基地の近隣を米兵が彷徨《うろつ》いていることもあるだろう。基地内を勝手に彷徨かれるのは困るが、友軍であり交流もある。滑走路を共有することもあるのだし。

「いや、そうではなく。米兵の霊が出ます」

「恨めしい奴か」

「恨んでるかどうかは分かりませんが、まあそっち方面の奴です。怖いのです」

「そうか」

幽霊には銃も砲も銃剣も通用しない。鍛え抜いた拳も通らないので怖い、と。

道理である。

＊

家族持ちの自衛官は、赴任先に家族が付いてきてくれる場合もあれば、単身赴任になる場合もある。

奥田三尉は赴任に当たって、家族全員が付いてきてくれた。これまでも転属のたびに引っ越しを繰り返してきたが、妻も娘も一つ所に腰の落ち着かない暮らしにも不平を漏らすことなく付いてきてくれて、何より有り難いと思っている。

自衛隊の基地、駐屯地などは通常、民間人が出入りすることはできない。これは隊員の家族であっても同様なのだが、例外として駐屯地の創立記念行事や交流イベントなどで、基地見学など施設が一般開放されることがある。

奥田三尉の家族も、これまで度々こうした交流イベントに参加してきた。奥田三尉は家族サービスも兼ねて、妻と娘を基地内に案内した。

基地内の巡回ルートと変わらないが、夜中に歩くのと家族を連れて歩くのとでは趣が大分違う。

終始ニコニコしていた妻に対して、最初のうちははしゃいでいた娘が次第に言葉少なになっていくのが気になった。

娘も小学校高学年である。そろそろ、基地の中を見て高揚する歳ではなくなってきたのかもしれない。それはそれで、父親としては一抹の寂しさを感じる。

営舎や特殊車両、バンカーから引き出された航空機などを一通り見て回った後、娘は奥田三尉の裾を引いて、声を潜めた。

「……ねえ、パパ。ねえ、パパ」

「何だい」

「ここ、幽霊いっぱいいるね」

これまで、奥田三尉は家族を連れて全国の基地を点々と転任してきたが、他の基地でこんなことを言われたことはない。

後にも先にもこの基地に赴任中だけ、娘は幽霊が見えていた、という。

＊

南西諸島の空自基地の話。

警衛司令を務める川西一尉に対して、手島三曹が意見具申してきた。

「単刀直入にお願いします。夜間巡回、倍にして下さい！」

「倍とは。一晩に二回巡りたいのか」

「本当は一回だってイヤです！　しかし、巡回はしない訳にはいかないので……」

要するに人数を倍にしたい、という。

この基地では夜間巡回は一名で行う、と取り決められていた。二名で行うとなれば、その他の業務が手薄になる。認められない。

「特別な理由なくば、認める訳にはいかんな。非効率だろ」

「効率云々以前の特別な理由があります。ヤバいのであります」

「ヤバいとは」

この基地には、爆撃機を点検するバンカーがあった。

我々は日常的にほぼメンテナンスフリーの装置に慣れてしまいがちだが、装置というのは常に確実に動作するものでなければならない。まして、戦時に必要とされる装置は、いつ如何なるときでも、その動作が確実であるという信頼性が維持されなければならない。

このため、防衛装備品は全て定期的なメンテナンスと、動作確認が求められる。

この点検用バンカーでは、爆撃機のエンジンが正常動作することを確認するため、実際に点検の過程でジェット噴射の燃焼試験を行うことになっている。

この燃焼試験では当然、機体後方に超高温の噴射炎が放出される。試験に立ち会う整備隊員に危険が及ばないよう、エンジンノズルから十分に距離を取ること、作業時に搭載火器側にカバーを設置すること、などの安全策が義務づけられている。

安全策が二重三重に設けられるのは、不慮の事故とヒューマンエラーを防ぐためなのだが、二重三重に設けていても不遇を完全に避けることは難しい。

あるとき、その試験中に事故が起きた。

燃焼試験中、エンジンノズルに取り付けられていたカバーが、吹っ飛んだ。整備不良だったのか、部品に問題があったのか、カバーの取り付け方法に瑕疵があったのか、それは分からない。ただ、あってはならない事故が起きた。

結果、整備担当の隊員が噴射炎によって吹き飛ばされた。

音速に近い噴射を喰らった隊員の身体はバンカーの壁面に叩きつけられ、そのまま超高温の噴射炎を浴びた。

公式な死因としては焼死となる。吹き飛ばされ、激しく壁に叩きつけられた時点で失神、或いは脳及び内臓の挫滅が起き、即死に近い。恐らく、隊員が自身に何が起きたのかを認識する時間はほぼなかっただろうと思われる。


「……あったな。そういう事故」

「その整備隊員が、いまして」

「いる、とは」

「殉職したはずの隊員が、機体の点検をしておりまして」

「いやいや」

要するに、オバケが出て怖い、ということらしい。

何処の基地や駐屯地にも、こういう話の一つや二つはあるというが、大抵は由来不明か旧軍の兵隊がー、といった眉唾な話である。

まして、実際に死人を出している事故に絡めての怪談は、些《いささ》か不謹慎ではあるまいか。

だが、手島三曹は頑として「ヤバいのであります」と譲らない。

そこで、川西一尉は出ると噂のバンカーを実際に確かめてみることにした。

意見具申を受けたのが日中だったので、その足で見にいってみた。

件の試験場の壁には、度重なる試験で焼き付けられた噴射炎の焦げ痕がある。

事故の前も後も繰り返し燃焼試験が行われているし、焦げ痕など繰り返し上書きされているはずだ。

目を凝らしてみると、その焦げ痕にはそれと分かる違和感があった。

蛋白質《たんぱく》か脂肪か被服の残り滓《かす》かは分からない。だが、噴射炎が当たる壁際のそこに、人型と思しき痕が焼き付けられていたのが分かる。

その焦げ痕が「人の燃え残りの跡」なのか、事故があった場所だと知っているからそう見えるのか、それは川西一尉には判断が付かなかった。

そこで、夜の巡回でも確かめさせることにした。

警衛司令である自身が夜間巡回に出る訳にはいかないのだが、手島三曹が頑として「遠慮します」と服務違反ギリギリの拒絶を繰り返すので、件のバンカーは堀内士長に回らせてみた。

朝方、夜間巡回から堀内士長が戻ってきた。

「堀内、どうだった？」

堀内士長が興奮気味に親指を立て《サムズアップし》て、満面の笑みを浮かべて言った。

「出ました！」


堀内士長は、基地敷地内を順番に確認していった。

川西一尉から直々に念を押されたバンカーに、特に人の気配はない。

通常、夜間の利用はないし、人が居座る場所でもない。

施錠してあった扉を解錠して、バンカー内に入る。

広いバンカーに、やはり人の気配は感じられない。

先輩も上官も、気にしすぎなのではないか。

肝試しのようで少しドキドキしたが、ここまで特に何も起きないので若干気を抜いていたとは思う。

バンカーの一角が、常夜灯を点けているかのようにぼんやり光っていた。

（消灯漏れかな。報告して注意喚起せにゃ）

電灯のスイッチを探してそちらに歩み寄ると、整備途中の機体の側に人が立っていた。

作業服を着た整備隊員が、機体の傍らで作業を行っている。

作業員は、暗がりの中でうっすらと発光していた。

（あっ、これは）

堀内士長はそのまま通用口に戻ると、薄ぼんやり光る整備隊員に向かって「お疲れ様でーす！」と大声で挨拶し、そのまま施錠してバンカーから出た。

「……そういう訳で、確かにおりました。ヤバいです。以上です」

堀内士長の報告に耳を欹《そばだ》てていた手島三曹が「ほらー！　やっぱりー！」と言いたげにしている。

川西一尉は、翌日からの夜間巡回員を二名に増員した。

ホバリング怪談

今から四十年ほど昔、関東にある航空自衛隊基地での話。

発端はこうだ。

「基地の外れにある倉庫に、女がいる」

最初にそれを言い出したのが誰だったのか、昔の話過ぎて確かめる術はもうないのだが、当時の基地所属隊員の目撃例が続出した。

「俺が見たのは倉庫ではなく、倉庫の隙間だった」

「女がいるのではない。いや、いるんだけど、女は浮いている」

「離陸してんのかな」

「ホバリングだろ」

目撃したという隊員達の証言は夥《おびただ》しく、特徴を付き合わせていくと同じ人物らしい。

民間人が基地内に迷い込んできているなら大問題だが、「浮いている」なら話は別だ。

何しろ、そんな相手には基地侵入の責を問えない。

曜日時間帯季節に天気を問わず、女は現れた。都度、倉庫の隙間でホバリングしている。

祟られるでもなく、特に何か手出しをされる訳ではない。

こちらを見つめてくるでもなく、誰かに付いてくるでもない。

「弊害はないのだから、ホバリングする女の一人くらいいてもいいじゃないか」

そんなことを言って自身の剛毅を誇ろうとする者もいたようだが、それを言う輩も倉庫の近くを避けていた。

とにかく何か薄気味悪くて通るのがイヤだ、ということで、件の倉庫の近くはよほど避けられない用事でもない限り、皆近付かなくなった。一部、剛毅を誇る物好きな隊員が原因探しなどに取り組んでもいたようだが、特に成果は挙げられなかった。


当時、この倉庫のすぐ外に、ゴミ処理施設があった。

一部の隊員達がホバリング女の原因探しに飽きた頃、このゴミ処理施設で厄介な不法投棄が発覚した。

というか、処理施設内で女の遺体が発見されたのだという。

いつからあったのか、生ゴミとして処理された後だったのか、それとも寸前で間に合ったのか詳細は不明なれど、女と判別できる程度の状態で発見されたらしい。

それ以降、ホバリングする女は現れなくなった。

どっちが見えてんのよ！

北関東のとある駅から少し離れたところに、二十四時間営業のコンビニがある。

これが都心の繁華街なら、夜明けまで誰かしら利用客もいるのかもしれないが、この店は住宅街にほど近いところにある。

終電から吐き出された客が夜食や酒を買い求めるため、零時を回った頃に一瞬だけ店が賑わう瞬間がある。

しかし、その夜中のラッシュアワーが終わってしまえば、駅前にも店の周囲にも人通りはなくなる。

住宅街というのは、勤め人が帰り着いて力尽きて眠る住処があるところであって、繰り出して騒ぐところではない。

故に、街が眠りに就くのが早いのだ。

それ故、概ね午前二時を過ぎると、来店客も皆無である。

アルバイト店員がちょっと店内清掃をして、棚の整理などをしてみたところで、すぐにやることがなくなってしまう。

次に店が賑わうのは、出勤客が朝食やドリンクを求めて雪崩《なだ》れ込んでくる朝方になってから。

弁当や惣菜、スイーツなどの補充品を配送トラックが運び込んでくるのは、朝六時を回ってからだ。

その時間近くになれば商品陳列作業のためオーナー夫婦が出勤してくるが、それまでは店に殆ど動きはなくなる。

たまに稀な来店があったとしてもバイトが一人で捌《さば》ける程度のものだ。

だから、夜勤は常にワンオペだった。


浅野さんは、この店で毎晩夜勤に入っていた。

比較的仕事は暇な割に、夜勤であるので日勤より時給がいい。悪くないバイトだった。

二時を回って六時近くまでの四時間は、客対応よりも開けっぱなしの店番のようなもので、働くことよりも時間を潰すことのほうに頭を悩ませるくらいだ。

ルーチンワークを終えてしまうと、後は店頭に出ている必要も特にない。バックヤードで監視モニターを眺めつつ、来客があればレジ前に出ればよい。

バックヤードで眠気を噛み殺しつつ、雑誌の頁などを捲っていると客の来店を告げるブザーが鳴った。

時刻は午前三時を過ぎた辺りか。

深夜の来客は全くないではないが、この時間帯は珍しい。

監視モニターを見ると、七、八十代の老婆が一人。孫らしき小学校低学年の男児を連れての来店である。

二人とも夜更かしなのか、孫に真夜中の散歩でもねだられたか。

二人は店内の棚の間をうろうろしつつ、スナック菓子などをカゴに入れている。

ドリンクのある店の奥の冷蔵ケースを覗き込んだあと、監視モニターの視界から見切れて、老婆がレジに向かって近付いてくる。

浅野さんはすぐさまレジに立った。

高齢者の客は、レジの前に立っても店員を呼ばずに黙って待っていることがままある。

他に客などいないのだから、客の側から声を掛けなくても店員が気付いて然るべき、という考えなのだろう。ほんの一声で済む話だが、その一声を惜しんで客は神様であると主張したがる。

以前、そんな客に当たってから、面倒事を回避するため即座に動く習慣が付いた。

レジ前に出て、「いらっしゃいませ」とマニュアル通りに声を掛ける。

孫の姿が見当たらない。

監視モニターには映っていたと思うが、レジ前から死角になる場所を彷徨いているのか、それとも祖母の支払いを待たず店の外に出てしまったのだろうか。

小学生がこんな時間に彷徨いているだけでも職質ものではないかと思うと、それが少しだけ気掛かりになって、つい老婆の肩越しに孫の姿を探してしまった。

老婆は浅野さんを凝視していた。

おっと、待たせてしまったか。

商品のバーコードにチェッカーをかざそうとしたところ、老婆が話しかけてきた。

「あんた、どっち」

「は?」

意図の分からない問いかけだった。

「どっちよ」

「は？」

老婆は猛然と食い下がった。

鬼気迫る勢いであることは分かるのだが、何を選ばされるのか、何の二択を強いられているのかがさっぱり分からず困惑する。

老婆は苛立ちを隠さず、叫んだ。

「どっちが見えてんのよ！」

どっち、とは——問い返しかけて、言葉を呑み込んだ。

たまにいるんだ。関わると面倒な客が。

主旨は分からないが、多分この老婆もその手合いだ。

だから、ここで応じてしまうのはいけない気がした。

表情を特に作ることなく、商品をチェックしていく。

コンビニバイトのオペレーションに、客に媚びろというものはないはずだ。

差し出された商品のバーコードをチェックしてレジに通し、代金を受け取り、釣り銭を渡して、後は適当に追い立てればよい。

「どっちが見えてんのよ！　どっちなのよ！」

老婆は食い下がる。

「合計、三百九十八円になります」

老婆は財布を漁って一円玉を数える。

「それで、あんたはどっちなの」

「はい、ちょうどお預かりします。ありがとうございました」

浅野さんはまるで興味がない風を装ってその問いかけには一切反応しない。

用は済んだとばかりに会話を打ち切り、バックヤードに下がった。

老婆は立ち去る様子がない。

「だから！　あんたはどっちなのよ！」

同じ問いを繰り返し怒鳴っている。

どっち、って何なんだよ。

バックヤードの監視モニターに戻ると、レジ前で騒ぐ老婆が映っている。

その老婆の隣には、小学生の男児が映っている。

バックヤードの出入り口から、レジ前でわめく老婆をチラリと見た。

隣に小学生男児はいない。

しかし、監視モニターの中には老婆と居並ぶ小学生男児が映っている。

「どっちなのよ！」

老婆は叫び続けており、帰る気配がない。

チビ太君

茨城にお住まいの綾瀬さんは、次男夫婦とお孫さんの三世代四人家族で暮らしている。お孫さんについては、綾瀬さんが「チビ太君」と呼ばれていたので、本稿でもそのように記述することにする。

「おばあちゃん！　おばあちゃん！」

当時、まだ幼稚園児だったチビ太君は綾瀬さんに大層懐いていて、何処に行くにも付いて回るほどだった。

次男一家が綾瀬さんの家で暮らし始めるとき、綾瀬さんの手を引いてのおうち探検に夢中になった。

「おばあちゃん、ここは？　こっちはなに？」

チビ太君にとって、それまで暮らしていた家と比べ綾瀬さんの家は何もかも新鮮に映ったのだろう。興奮気味に家のあちこちを開けて回る。

そして、風呂場のサッシをがらりと開けて、

「おばあちゃん！　ここすごいね！」

と言い出した。

最新のものではないが、言うほど古くさくはないはずだ。

何が凄いのだろう、と思っていると、

「ねえ！　何でお風呂に手があるの？」

と言い出した。

手？

見る限り、湯を張っていない空っぽの浴槽には手と見間違うものは何もない。

浴室を上から下まで見回してみても、やはり手と間違えるようなものは見当たらない。

「何が手に見えたの？」

「違うよ！　お風呂のこれ、ここから手が出てるじゃん！」

これ、とチビ太君が指さしたのは、やはり浴槽だった。

「ここからいっぱい手が出てるの！」

チビ太君のママは眉根を潜めた。見えないらしい。

綾瀬さんは首を捻った。やはり何も見えない。

「見えるの？」

「うんっ！」

「そっか……そうだね、もうすぐお盆だからね。みんなお風呂に入りに来てるんだよ」

チビ太君は、合点がいった、という表情を浮かべた。

チビ太君のママは風呂に近付かなくなった。

＊

その夜のこと。

二階が次男家族の生活空間になり、チビ太君の寝床も二階になった。

夜も更けて、そろそろ綾瀬さんも寝支度を始めるか、と腰を上げたところに、チビ太君が下りてきた。

「おばあちゃん……おしっこ……」

「一人でできるかい？　漏らすんじゃないよ」

「うん……」

廊下の隅のトイレに向かったチビ太君は、すぐに戻ってきた。

「おばあちゃん、ねえねえ！」

「どうした」

「なぜ、トイレのドアの上に、頭が乗っかってるの？」

「んんー？」

うちの孫、また何か言い出したぞ。

一応、トイレの前まで行ってみるが、ドアの上には特に何もない。

チビ太君は綾瀬さんの寝着の端を掴んで訝しむ。

「おばあちゃん、あの人、誰？」

「うーん、お前のひいおじいちゃんかもね。ここは御先祖が住んでた家だからね」

「そっか」

チビ太君は納得した。

どうやらチビ太君は、人ならぬものが見えている。だが、当人にはそうしたものを見ているという自覚がないらしい。

そもそも今まで、綾瀬さんはそんなものなど見たことがなかったし、見るどころか感じることすら経験がない。

故に、何事もないかのように受け答えしたものの、風呂場に続きトイレまでもが、「何か棲み着いている」「何かが出る」ということを認識するはめになってしまった。

＊

たまには孫を連れて顔を見せに来なさい、と実家の両親から乞われたチビ太君のママは、チビ太君を連れて帰省することにした。

チビ太君のママはちょっとした旧家の御出身らしく、土地持ちで物持ちであった。

ママの御両親は孫の来訪を大層喜んで、立派な家の客間に孫を通した。

「ママ、あれなあに？」

通された客間には、黒光りする鎧兜が飾られていた。

男の子が元気に育つように端午の節句に鎧兜を飾る風習は日本のそこかしこにあるが、ここに飾られていたものはそうした装飾品ではない。アンティークと呼ぶには無骨すぎる、先祖伝来の逸品であった。

「こわい」

チビ太君は鎧兜を見るなり、怯え出した。

「どうしたの」

「あの兜の中、人がいる！」

チビ太君はママに耳打ちした。

厳めしい面頬《めんほお》を人の顔と見間違えたのだろう。

「あれはお面だよ」

「違うよ！　兜の中におじさんがいて、僕を睨んでるんだ」

それっきり、客間を飛び出しそこに近付かなくなった。

ママは御両親に、「せっかく飾ってくれたのに申し訳ないんだけど、チビ太が怖がるから……」と頼み込んで、件の鎧兜は蔵に戻してもらうことにした。

兜を取り外し、手甲、具足を外して一応中を覗いてみるも、当然ながら中に人はいない。

一通り鎧兜一式を蔵にしまい終えると、チビ太君は顔をほころばせて、

「怖くなくなった！」

と笑った。

御両親は「鎧兜が怖かったんだな」と笑ったが、チビ太君のママは「この子はまた何か見えているんだな」と思った。

*

チビ太君のママの御実家にはそれからも度々泊まりに行った。

チビ太君は好奇心旺盛で、気になるものは何でも指さして訊ねてきた。

「おばあちゃん、おばあちゃん！」

ママのほうのおばあちゃんの袖を引いて、チビ太君は訊ねた。

「あれ、何？」

それは、先だっての鎧兜をしまった蔵であった。

「あれは蔵って言ってね。昔のものをしまっておく倉庫みたいなものなのよ」

「へー」

チビ太君は大きく頷いた。

「じゃあさ、じゃあさ、どうして蔵の前にお侍さんが立ってるの？」

んんっ？

「何かね、ハゲてるの。鎧を着てて、髪の毛がぶわあってなって、真ん中に髪の毛がない」

孫が言葉を探して説明するそれは、落ち武者であろう、と思われた。

チビ太君は多分見えてる子、とママの御実家にも知れた。

*

そんなこんなでチビ太君は程なく地元の幼稚園を卒園することになった。

これで春からは小学生である。

その卒園式の日、卒園生が壇上に揃ってこの日のために練習してきたのであろうお別れの歌を合唱していた。

何処の家の保護者もカメラやスマホで我が子の勇姿を収めている。

壇上の子供達も、自分の親御さんの姿を見つけて手を振ったりなどしているのだが、チビ太君だけ様子がおかしかった。

チビ太君のママのほうを全く見ないのである。

たまにちらっと視線を送ってくるので、居場所が分からないということではなさそうだ。認識しているのに見たくない、もっと言えば目を逸らしている。

気もそぞろなのか、練習してきたであろう合唱曲も殆ど歌えていない。

こんなもやもやとした状態で、門出を言祝《ことほ》いでもよいのだろうか、とママは心配になってきた。

担任の先生やその他の園児とは朗らかに挨拶もできているが、園にいる間中、ママのほうを直視しようとはしなかった。

帰宅後、チビ太君に訊ねてみた。

「なぜ、ママを見なかったの？」

「だって、ママの後ろに怖い人が立ってたから。何だかずっと僕のことを睨んでいて、怖くてそっちを見られなかった」

ママの後ろには誰も立っていなかったはずだった。

立っていたのは壁際で、それより後ろなどなかったからだ。

ただ、またしてもチビ太君は何かを見ていたのだと思われた。

わかば

柴崎さんのお宅を建て直すことになった。

「広いおうちがいいわねえ」

「いやいや、敷地の広さは変わらないからね」

「じゃあ、客間を作りましょうよ。ちゃんとした客間」

「それはいいねえ。君のところの御両親がゆっくり滞在できるような」

「素敵ねえ」

設計士さんに相談して、お年寄りでも過ごしやすい客間にしてもらおう、と張り切った。

大分足腰の弱ってきた奥さんの御両親がくつろげるように、そんな工夫を凝らした。

夫婦も四十代半ばになって家計に少し余裕が出てきたことだし、親孝行になればいいんじゃないか。そんな話で二人は盛り上がった。

そんな折、奥さんの御実家から「話があるから」と呼び出された。

新築住宅の進捗を報告するついでに、と足を運んでみたところ、義父の顔が大分すっきりしている。以前はもう少しふくよかな相貌だったはずだが。

「お義父さんどうかされたんですか？」

「うん、実は癌になってしまってね」

「えっ……」

旦那さんは言葉に詰まった。奥さんも続く言葉が出てこない。

「まあ、そんな深刻に考えることでもない。最近は癌に罹《かか》る人は多いし、癌に効くいい薬もあるって言うし、何しろ癌は治せるようになってると言うしな」

思いがけず義父の表情は明るかった。

「じゃあ、お義父さん、家が完成したら是非遊びに来て下さいよ！」

「おお、もちろんだとも。楽しみにしとるよ」

「それなら、お父さん、早く病気治さなくちゃね」

体重が落ちている様子はあれども、気落ちした様子がなくて安心した。

御実家からの帰路、奥さんはぽつりと呟いた。

「うちのお父さんね、本人に癌告知はしたんだけど、余命宣告はしてないんだって」

「え、それじゃあ」

「ステージⅣだった、って。もうあんまり長くないらしくて」

義母がこっそり教えてくれた、という。

「本人、まだまだ元気でいるつもりだから、そのほうが気落ちしなくていいだろうからって。母さんがそう言ってた」

窶《やつ》れはしても意気軒昂《けんこう》としていた義父の笑顔が思い出される。

余命は、柴崎邸の竣工予定時期と同じくらいだという。

「それなら、家が完成するまで頑張ってほしいね。是非招待したい」

「そうね」


結論を言えば、義父は間に合わなかった。

柴崎邸が竣工するより少し前に、亡くなってしまったのだ。

最期まで、娘の新しい家を訪ねるつもりでいたし、そのことを何よりの楽しみにしていたのだ、と訃報を聞いて駆けつけた折に義母から聞かされた。

義父を招けなかったことは、柴崎さんにとってこの上なく残念だった。

この日、新築した家に義母を招くことになっていた。

義父の喪が明けるのを待っていたのだが、「お父さんも行きたがっていたから」と義母が訪ねてきてくれることになったのだ。

義母の到着を待つ間、奥さんは家事仕事を片付けていた。

ピンポーン。

「あれ？　思ってたより早かったのね」

チャイムに急かされて玄関に向かう。

「はあい――」

と、ドアを開けるが誰もいない。

玄関側は大通りに面していて見通しがよく、身を隠す場所は特にない。

悪戯かしら。

首を傾げつつ居間に戻ったところで、再びチャイムが鳴った。

ピンポーン。

「はあい――」

今度こそはと思って玄関に出る。
が、ドアを開けても誰もいない。
「何なの、もう」
ドアを閉め、今に戻ろうとすると、
ピンポーン。
「誰なの！」
間髪を入れずドアを開けるが、やはり誰もいない。
と――。
ふと、香った。
新築の家の木の香りや、真新しい畳の匂いとは異なるもの。
奥さんにとって、何とも懐かしい香り。
何だろう、と逡巡したものの、すぐに正体に思い至った。
これは煙草の匂いだ。
父親がずっと愛飲していた銘柄、「わかば」の匂い。
父の思い出はいつもこの匂いとともに在った。

柴崎家に喫煙者はいない。

だから、煙草の匂いを嗅ぐことそのものも久しい。

玄関を閉めて廊下へ。

匂いは続いている。

居間の隣の客間へ。

匂いは付いてくる。

客間の戸を引くと、部屋の中が僅かに白く燻っている。

ああ、これは――わかばの煙だ。

客間にわかばの煙が漂っているのだ。


それから柴崎さんが帰宅してきた。

「わかばの匂いがするのよ。お父さんが好きだった煙草の」

「へえ、お義父さん来てくれたのかな」

「それでね、今もその匂いがしてる」

「へえ、何処に？」

玄関に、廊下に、客間に、居間に。

奥さんが父親に見せたいと思っていた場所の全てに。

いや、奥さんが歩く都度、わかばの匂いがその後を付いて回っているのか。

ところが、柴崎さんにはその匂いは分からなかった。

奥さんが「ここからする」「ここでもする」と示す場所を、その都度くんくんと嗅いでみるのだが、一向に感じ取れない。

奥さんによれば、匂いは一晩中続いていたというから、義父は恐らく客間をお気に召して泊まっていかれたのだろう。

わかばの匂いは翌日には消え失せてしまい、もう分からなかった。

目の肥えたファン

ライブハウスというものは、爆音で演奏するバンドも多いことから音漏れ防止のため防音にかなり気を遣っているハコが多い。

階段を下りると現れるのはやたらと重いドア。

内部から、ずん、ずん、と低音のリズムが漏れ伝わってくるドアを開けると、そこからは音の洪水がバックファイアのように噴き出す。

コンサートホールのように広くはない。体育館ほどもない。ちょっとした公民館の会議室に毛が生えたくらいの、狭苦しくも息苦しい空間。

暗いホールに対して、スポットがぎらぎらと照らすのはステージの上だけ。演者の楽器が並べられ、そこに今日の大トリを努めるバンドのボーカルが、マイク越しにシャウトを決める。

観客の甲高い歓声がそれに応じ、ライブハウスはヒートアップする。

誰もがステージに釘付けになる。

さて、割と有名な話を一つ。
滋賀県に老舗のライブハウスがある。
毎週末は盛況で、根強い常連に支えられている。
あるとき、出入りのアマチュアバンドがワンマンライブをキメた。
ドラムの刻むビート。
ベースがそれを支え、ボーカルがギターを掻き鳴らす。
オープニング・アクトは悪くなかった。
客のノリもいい。
新曲もなかなかウケがいいんじゃないか。
メンバーも今日は皆調子がいい。
こんなにコンディションのいいライブはそうそうないぞ。
——と、突然音が軽くなった。
いや、ドラムパートが全く聞こえない。
マシントラブル——？　いや、ドラムにマシントラブル関係ねえだろ！

フロントに立っていたボーカルは、何事があったのかと背後を振り向いた。

ドラムの手が止まっている。

そして、ステージの天井を見上げている。

ベースも不審げな表情で、ドラムに「叩け」「続き」と目配せしているが、ドラムは茫然自失といった具合で、真上を向いたまま動かない。

演奏は完全に止まってしまった。

「おい、どないしたんや」

ボーカルがドラムに声を掛けた。

ドラムは、

「嘘やろ」「マジか」「ハーッ？」

と、矢継ぎ早に言葉を吐き出すが、それはメンバーとのコンタクトではなく演奏中の曲の歌詞でもない。

メンバーは、ドラムの彼が何らかのパニックに陥っている、ということを察した。

「ごめん、みんなごめんやで！」

ライブは中止になった。

ドラムなしで演奏できる曲はなく、またドラムの彼がそんな状態に陥ったのを放置してライブを続行するなど、バンドメンバーにとっても不可能だった。

客席は不審と不安に包まれていた。

突然演奏が止まり、説明もなくライブが中止になればそうもなる。

だが、ドラムの異状は客の目にも明らかであったので、演奏中止はやむを得ない。


以下、楽屋に引っ込んだ後の話。

「一体、どうしたんや。お前、何処か痛いんか。体調悪いんか」

ボーカルがドラムを心配し、或いは叱責した。

ベースが「まあまあ」と割って入り、とにかくまずは一旦落ち着かせよう、と取りなす。

ペットボトルのミネラルウォーターを飲み干し、ドラムは漸く落ち着きを取り戻してきたようで、言葉を選ぶようにして語り始めた。

「あんな……笑わんでくれるか。俺の言うこと、信じてくれるか」

「何や、俺らがお前の言うこと信じひん訳ないやろ。仲間やないかい」

ドラムの彼は、言った。

「女がおってん」

「おお、女か。いや、客席にぎょうさんおったな」

「ちゃうねん。あのステージ、天井のところにエアコンダクトがあるやんか」

「あるな」

「そのダクトの中に女がおってん」

「ハア？」

「女がおってん。あの太いダクトの折れ曲がって下向いたとこの内側、あそこから女が顔出してこっち覗いてんねや。それで俺、天井見上げたときそいつと目ェ合ってしもて」

それで、パニックに陥った、と。

客が捌《は》けた後、ステージを確認してみた。

客席側からはダクトの中は見えない。最前列のフェンスの辺りまで来ても見えない。

何なら、ステージの上にいてもベースやボーカルの位置からは見えない。

この日、ドラムセットを置いた場所、ドラマーの位置からのみばっちりダクトの中が見えるのだ。そして、今は何も見えない。

熱狂的なファンが潜んでいるのでは？　とも考えたが、そもそもエアコンダクトに入り込むことが不可能である。

「ホンマにおったんか」

「……演奏中には確かに女がおってん」


この話はライブハウスを利用するバンドメンバー、常連客の間でたちまち噂になった。

ダクトの女を見たのが、ドラムの彼一人だけではなかったからだ。

「俺も見たで」

「実は俺も」

「頭おかしいんかな、て思われたらイヤやから黙っとったけど、実は俺も見たんやわ」

幾つかのバンドから、〈俺も俺も〉と同調の声が上がった。

そのことから、「ダクトの中に女がいる」ということそのものは、揺るぎない事実として受け容れられることになった。

面白いのはここから。

ダクトの中に女を見たメンバーがいるバンドは、いずれもメジャーデビューを果たした。

「俺も見た」と告白したメンバーがいたバンド以外にも、そうと告白はしなかったものの、あそこで女を見たことでメジャーデビューしたのではないかと思われたバンドもあった。

そうでなければ説明が付かないくらいに、この老舗ライブハウス出身のメジャーバンドが多いからだ。

そのうち、「ダクトの女を見ればメジャーデビューできる」というジンクスができ、そのことでライブハウスは有名になってしまった。

と、ここまでは割と知られた話。

＊

「うちの息子が今度そこでライブやるんですよ」

米倉さんはホクホク顔で言った。

息子さんのパートはギターである。噂のライブハウスでダクトの女を見られれば、息子がメジャーデビューというのも夢ではない。

「寧ろデビューしてほしいので、ダクトにいる人、是非見てほしいですね！」

演奏のほうをとにかく頑張れとかそういうことよりも、今は神頼み、ダクトの女頼みであるらしい。

で、実際にライブ当日となった。

調子はいいと思う。

客もそこそこ沸いてるんじゃないかな。

もう三曲も演ったし。

そろそろ、ダクトに女が現れてもいい頃なんじゃないかな。

息子さんも息子さんで、演奏よりもダクトから女が覗いてくるかどうかのほうが気になって、割と気もそぞろになっていた。

ドラムもそれが気になるらしく、ちらちらと天井を見ている。

客席からも、メンバーが天井を気にしているのが丸分かりである。

ところが、全然見えない。

別に、ライブをやったら確実に見える訳ではないから、見えないときもある。だが、何ともどかしい。

何曲目だったか、ドラムがトチった。

手が滑ってスティックがすっぽ抜け、天井高く放り上げてしまったのである。

スティックは、よりにもよってエアコンダクトの中に入ってしまった。

「あっ、やべっ」

咄嗟のことであったので、ドラムは片手でスネアとシンバルを叩きつつ、バスドラムとの組み合わせで何となくごまかして場を繋いだ。

すると、そのとき。

エアコンダクトに吸い込まれていったはずのスティックが飛び出してきた。

確かにエアコンから冷風は吹き出していたが、スティックを吐き出せるほどの風量はないはずだ。

「ガッ」

吐き出されたスティックは、そのままドラムの前にいたベースの後頭部を直撃した。

ドラムは呆気に取られ、ベースは頭を抱え、ギターは何が何だか分からなかった。

そこで演奏停止。

ライブも中止になった。

スティックを喰らったのだからイケたのでは？　という期待はあったのだが、ドラムは女は見ていない、という。

判定や如何に！

と、わくわくしていたのだが、米倉さんの息子さんのバンドはメジャーデビューはできなかった。女を見ないとダメらしい。判定負けである。

ところでこのライブハウス、同じフロアに倉庫がある。

この倉庫にも〈出る〉のだという。何が出るのかはお察しいただくとして。

最近、ライブハウスのオーナーが息子に代替わりしたそうで、ライブハウス全体を大幅に改装したらしい。倉庫だった場所もスタジオの拡張に使い始めたとのことなので、件の女がダクト以外から現れるのも間近かもしれない。

出る部屋

毎年、夏になると林間学校がある。

宿泊訓練とか、全体合宿とか、地域によって呼び名が異なることもある。が、同学年の生徒が一斉に、校外の宿泊施設に一泊二泊して集団行動を学ぶとか、校外学習とか、自然の中で交流するとか、概ねそういった行事である。

大体何処の学校にも行き付けというのか、学校として毎年利用している施設というのがある。引率の教師もノウハウを引き継げるし、引率されていく生徒のほうも前年に宿泊した先輩から事前に話を聞くことができる。

新垣さんの学校が利用する施設も概ねそういう感じだった。


この施設については、代々伝わる都市伝説のような話があった。

彼女の部活の先輩が、したり顔で教えてくれたのだ。

「あー、あそこね。うんうん。あそこはね、出るでー」

「出るって、何が出るんです？」

「アンタ、出る言うたら〈コレ〉やろ」

先輩は両手を顔の前に突き出して、だらりと下げた。

「絶対に出る部屋ってのがあんのよ。ウチらの代でも見た言う人おったけど、ウチらの上の代の先輩達も、毎年誰かしら見てるらしいでー」

先輩はニヤニヤと、しかし真に迫った表情で続ける。

「アンタら、信じてへんやろ」

「いえー、信じますって」

「ホンマにー？　あんな、目印があんねんな」

「目印？」

「そうよ。出る部屋はな、畳がちゃうねんな」

他の部屋の畳は全て綺麗なのに、一部屋だけ畳が茶色でボロボロの部屋がある。

そこが、〈出る部屋〉だという。

「そんなん、おかしくないですか。だって、畳替えするなら全部の部屋で一斉に替えますやん」

「せやろ？　何か、同時に替えてもそこの部屋の畳だけ、あっちゅうまにボロボロになってまうねんて」

なるほど、なるほど。

つまりこれは、先輩が後輩を脅かすための伝統なのではあるまいか。

このように言い含めておけば、誰かしら畳の色を確かめる輩が出るだろう。

或いは、他の部屋はどうだったか聞いて回るかもしれない。

それを種火として、普段言葉を交わさない同級生とも交流が進めばよい。

そんな意図の優しき悪戯ではあるまいか。

新垣さんはそんな風に受け止めて、なお脅しかける先輩と笑った。

件の宿泊施設はというと、若干古びた建物だった。

共同の大浴場があって、皆で食事を摂る講堂代わりの大食堂がある。

そして、長い廊下にずらりと並んだ部屋は、数人ずつが利用する共同部屋となっている。

アメニティやサービスがホテルのように行き届いている、とは言えない。どちらかといえば寮に近い。

居室は二段ベッドが並んでおり、お飾り程度の椅子と机。ここはほぼ寝るためだけの部屋であって、実にシンプルかつ質素だ。

もちろん、事前に聞いていたので畳は気になっていた。

色が茶色かったらどうしよう、なんて。

ただ、それは取り越し苦労であった。何しろ、畳以前にこの部屋は床一面にカーペットが敷かれていたからだ。

「ここじゃない。良かった」

ということは、何処か他の部屋に〈出る部屋〉が割り当てられているのだろう。

夜中に何処かから悲鳴の一つも聞こえてくるかもしれないけど、少なくとも自分達の部屋は除外されたと思うと拍子抜けではあったが、寧ろ安堵の気持ちが強かった。

面倒事などないに越したことはない。


日中の予定をこなし、大食堂で夕食。

美味しいようなそうでもないような、微妙に量が物足りないような。食べ盛りの同級生達は一様に微妙な顔をしているが、空腹を埋めるに足るものであれば文句はない。

消灯までの短い時間が自由時間に充てられたが、日が落ちてしまうと建物の外へは外出禁止になる。遊戯室がある訳でなし、バレないように持ってきたトランプの類もすぐに飽きてしまう。

それでも、普段と違った環境は高揚と興奮を与えてくれる。

いつも顔を突き合わせている見知った同級生が相手なのに、何故か話題が尽きない。旅先とは、こうも楽しいものなのか。

居室の外からは、僅かに虫の声が聞こえる。

居室に窓はあるが、内側から開け閉めできない構造のようで、頑張っても僅かに隙間が開くくらいである。

窓の上のほうから、掃き出しに近いところまでガラスが嵌《は》め殺しにされている。

空調が効いているので、窓が開かずとも問題はないが、何しろ自然豊かな土地なので、夜に窓など開けようものなら鱗粉を撒き散らすタイプの虫が寄ってきそうではある。そして、過去にそういう騒ぎが起きたから、窓は開かない仕様になったのだろう。

カーテンを捲って窓の外を見ると、まずそこには中庭がある。

中庭は体育館ほどの広さがある。

その中庭の先にフェンス。

フェンスで区切られた先は、雑木林――というより、そのまま裏山に通じている。

明日はあの山を登ったりさせられるんだろうか。

そんな軽口も出た。

消灯時間を過ぎているので部屋の明かりは点けずにいたが、今宵は満月であるようで中庭は月明かりに照らし出されている。

ともすれば、室内より外のほうが明るいくらいだった。

その月明かりで、近場に外灯の一つもないにも拘わらず近隣の夜景が案外明るく見える。

街中の外灯が照らす明るさとは違った、牧歌的な明るさとでも言おうか。

次第に夜が更けていくが、なお話題は尽きない。

期末テストの話から、部活の話、芸能人の話、そんな他愛ない話題が続いて、恋バナが始まった。

皆、ベッドから出てきてカーペットの上に寝転び、二組の男の子が、サッカー部の先輩が、といった話が次々に飛び出してくる。乙女の時間である。

そんな話をするうち、新垣さんはふと中庭に目を遣った。
人がいる。
ジャージを着た男であるようだ。
中庭、ではなくフェンスの外。
「誰か外に出たのかな」
「先生じゃない？」
誰であるかを判別するには、距離が遠すぎる。
なのに、月明かりの下にいるそれがジャージを着た男だと分かる。
なのに、顔までは分からない。
男は新垣さん達の居室を見ているようだ。
そして、恐らく多分新垣さんと目が合った。
そう認識したのは、男も同じであったようだ。
男は動き出した。
裏山に立っていたのに、フェンスを突き抜けてきた。
走っているのではなく、歩いているのでもない。

その身体は滑るように接近してくる。

中庭を迷うことなく突っ切ってくる。スケボーに乗っていたらあんな感じだろうか。

男の足下は見えないが、草と土で荒れた中庭がボードを走らせられるような代物ではないことは昼間のうちに確認している。

新垣さんは、ハッとして身体を引いた。

男は中庭を突っ切り、新垣さん達の居室のガラス窓を突き抜けた。

割れる――。

そう思って咄嗟に頭を庇《かば》った。

だが、ガラスは破片一つ落とすことがなかった。

突っ切ったというより、すり抜けたというほうが正しい。

男は棒立ちの姿勢のまま、居室の中に入り込んできた。

カーペットの上に寝転んでいた新垣さんと同級生は、部屋の隅に飛び退いた。

そして男は彼女達を掻き分けるように、居室の中央を縦断していく。

入り口のドアまで辿り着いた。

ドアに手を掛けることも立ち止まることもなく、そのまま吸い込まれるように突っ込んでいき、消えた。

凍り付いていた時間は一瞬であったと思う。

誰の発したものか定かではないが、絶叫が上がった。

叫んでいるのは新垣さん自身であり、また同室の同級生全員でもあった。

叫ぶことで我を取り戻した。


「お前ら！　うるさいぞ！」

叫び声を聞きつけて引率の先生が居室に飛び込んできた。

ジャージの男、ではあるが、見知った顔の本物の担任教師である。

そういえば、あのジャージの男はあれほど至近を通過していたにも拘わらず、顔を全く思い出せなかった。

「せんせェエエェ！」

新垣さんを含め、居室にいた同級生全員が担任教師にしがみついて絶叫した。

「ああ、もう、うるさいうるさい！　話聞いてやるからお前ら静かにしろ！」

べそを掻きながら恐る恐る廊下に出る。

他の居室の同級生達が廊下に顔を出し、何事かと様子を窺っているが、その中にジャージの男らしき者はいなかった。

先生にはしこたま叱られた。

散々絞られて、

「部屋に戻れ」

と解放されたが、

「あの部屋に帰るのは絶対に厭です！」

と断固拒否した。

あんな訳の分からない何かが出入りできてしまう部屋には、一秒たりともいたくない。

新垣さん達が一人残らず頑として譲らないため、結局先生が折れて、ベッドの空きがある他の部屋に分散して泊まることになった。


林間学校はそんな具合で散々だった。

学校帰着後、騒動を起こしたということで新垣さん達は担任教師に呼び出された。

「あの部屋、怖かったんです。何か、オバケ？　みたいなのが出てきて！」

「そうなんです！　先輩達から、畳の部屋に出るって聞いてたし、うちの部屋カーペットだったから関係ないって思ったのに！」

口々に訴える生徒達に、担任教師は「あー」と合点がいったという表情を浮かべた。

先輩から何て聞いたんだ、と確認された。

「ボロボロの茶色い畳の部屋はオバケが出るから、って」

「うん、そうだな。お前らのいた部屋がそれだ。畳が畳がって毎年生徒が騒ぐから、あの部屋カーペットを敷いてあったんだよ。気付かなきゃ大丈夫だろ、って」

避難させてもらった他の居室は、そういえば皆、畳敷きだった。

動転していてそのことに今の今まで気付かなかった。

「お前らは当たりを引いた……いや、違うな。ハズレを引いたんだよ」

アウグスティヌスの祟り

安土桃山時代に於いて輝かしい武功と数奇な経歴を経た戦国武将がいた。

度重なる朝鮮出兵では戦功を挙げつつも、「戦の仕舞い方」を巡って豊臣秀吉の怒りを買い、関ケ原では石田三成率いる西軍側として参戦しつつも、小早川秀秋の裏切りによって壊走。その後、逃亡先の山中で投降を決意。土民に匿《かくま》われたものの、庄屋に「自分を東軍に引き渡し、金十枚の報償を受け取るがよい」とその身を委ねた。

キリシタン大名であった彼は教義によって自殺が禁じられていた。自ら死ぬものは天国に行けぬ、と切腹を拒否し、最期は斬首によってその生涯を閉じた。


今から半世紀ほど昔、唐沢さんが子供の頃の話。

当時、唐沢さんは関ケ原の近隣にある村に住んでいた。

全国的には日本史に燦然《さんぜん》と輝く著名な古戦場の跡地ではあるものの、昭和の頃の村は「何もない寂れた寒村」でしかなかった。

何しろ、村に行く手段がない。車で行くか、そうでなければローカルな乗り合いバスを使うしかない。村には真っ当な店らしき店もなく、日々の暮らしに必要なものを取り揃えようと思ったら、村の外に買い出しに行くしかない。

今どきなら、スローライフと持て囃されたりもしたかもしれないが、当時としても既にいつ村が消えてしまうかも分からない限界集落、という認識であったと思う。

村に出入りするバスはこぢんまりしたマイクロバスのような大きさだった。何処からでも乗ることができて、何処ででも降りられた。

唐沢さんも村に住まう祖母に頼まれて、村の外に買い物というお使いに行くのに使っていたが、村から出る人も村に戻る人も、さほど人数は多くない。見かけても五、六人といったところだ。

つまりは、人がいないのだ。

村には少し変わった特徴があった。

村内では、肌が白く髪も白い人をよく見かけた。

老いている訳ではない。年齢は様々だったが、若者、子供もいた。

皆、一様に肌が白く、髪は白髪のようだった。

老境に差し掛かった今なら、あれはアルビノの人々だったのだ、と分かる。先天的に皮膚が白く、また髪も白い。これは、体内のあるべき色素細胞が、生まれつき不足しているためにそうなる障害の一種だ。

ただ、幼かった唐沢さんはそんなことを知りもしなかったので、「何故あの人達は僕達と違うのか？　何故白いのか？」ということを、ずっと不思議に思っていた。

村の中にはざらにいるが、村の外には一人もいないのである。

この村の常識がおかしいのか。村の外がおかしいのか。幼い唐沢さんは混乱した。

そのことを訊ねると、祖母はこう答えた。

「うちの村には伝説がある」

祖母の語る伝説は、遠く関ケ原の合戦の話に遡る。

「ここいらへんは大昔、侍同士の合戦があったんだ。西軍の石田三成、東軍の徳川家康、知ってるか」

唐沢さんは首を振った。日本史で言えば戦国時代の最末期の話であろうが、小学校低学年で教わるところではない。

「まあ、日本が東西に分かれて戦をしたんだ。この辺りは、そういう大戦《おおいくさ》の合戦場だった。

その中に西軍に付いて戦を戦ったお殿様たちがいたんだが、ついに西軍は負けてな。この近くの山に逃げてきたんだ」

祖母は続けた。

「そのお殿様のうちの一人が山の中に隠れていた。うちの村に逃げてきたので、わしらの御先祖様がそれを匿った。可哀想だ、って言うてな」

言うなれば負けて逃げ延びた落ち武者である。

勝っている東軍が血眼になって落ち武者狩りをしている、西軍の要人であった大将首を匿うというのは、単なる同情心でできることではない。

「それでも、東軍が隠れている武将を出せって言ってきてな。御先祖様は諦めて、落ち武者のお殿様を騙し討ちして引っ捕らえて、徳川方に突き出したんだ」

歴史的出来事を、祖母は見てきたかのように言う。

「徳川方に突き出されるとき、そのお殿様はそりゃあ悔しかったろう。匿ってくれると申し出たうちの村の御先祖様に騙され、裏切られた訳だから」

村の伝承ではこう続く。

『この恨みは忘れぬ』

『この村からはこの先永遠に、黒土と白子が絶えぬであろう』

去り際に武将はそのような呪詛を唱えた、という。

「黒土、白子って何だい、婆ちゃん」

「黒土ってのはな、火傷のことだ。火事で火傷を負って、身体の色が黒くなっちまったのを、黒土って呼んだんだな」

「白子は……」

「白子は、お前が知りたがってた、白い肌、白い髪の連中だ」

彼が呪詛を唱えてから後、報奨金を受け取った庄屋の一族からアルビノ体質の者が生まれるようになった。どれほど外から血を入れてもそれは遺伝によって引き継がれ、庄屋の血族の末裔《まつえい》には、必ずと言っていいほどにアルビノが現れる。

そして、庄屋の血族以外の捕縛に助力したであろう村人の末裔は、酷い火傷を負う者が何代にも亘って続いた。

アルビノは先天的なものだろうが、火傷は後天的なものだ。

しかし、アルビノも重い火傷を負う者も後を絶たず、村は白い人と黒い人がいつの時代にもその業腹の咎《とが》めを受けるようになった。

そして、それは今も続いているのだ、と。

それが事実かどうかは分からないままではある。少なくとも記録に残る正史はそうではないからだ。

実は、本稿を書くに当たって彼の武将の最期について調べ直してみた。

彼は関ケ原での壊走後、確かに山中に逃げ、それから村人に匿われている。

が、その最期は「村人に騙し討ちをされた」のではなく、「自ら出頭した」として伝えられている。

「自分を東軍に差し出せば報奨金を貰えるだろう。匿ってくれた詫びと礼に、報奨金を受け取るがいい」

なお匿おうとする庄屋に対して、自身を徳川方に突き出すように言い含め、実際に庄屋は捕縛の報奨金を受け取った、と。確かにそのような記録が残されている。

しかし、この村に口伝《くでん》された伝承では微妙に違っている。

理由は分からない。

そのうち、村に暮らす人の人数は櫛《くし》の歯が抜けるように減り、寂れきってしまった。

それから僅か数年の間に廃村と言って差し支えないほどに寂れ、その頃の日本中の何処にでもあるような、限界集落と化していた。

＊

人がいなくなった集落とは、そこに定住して営みを続けるには不適であるということだ。だからといって誰も寄り付かない訳でも、誰も権利を持たない土地になっている訳でもない。特に、行政は遊休地を遊ばせてはおかないものだ。

幸い、自然は豊かだった。

そこで無人となった村内には、県内の学校が自由に使えるように学習施設・宿泊施設を整備することになった。

唐沢さんの通っていた学校は、竣工したばかりの新築の施設を一番乗りで利用できることになった。

「お泊まり会みたいだ！」

顔なじみの同級生達と外泊など初めての体験だったので、同級生は皆興奮気味だった。

かつて過ごした村も自分が今住んでいる地域も「自然の豊かさ」では大差ないから、自然に溢れて、森や林に囲まれて、という部分には特に感動はなかった。

それでもできたての建物で過ごすことそのものには期待が膨らんだ。

が、実際に降り立ってみると、綺麗極まりない新築の建物がいやに空々しく感じられもした。

ほんの数年前、祖母と過ごした村の跡地である。

気分は複雑だった。


その夜のこと。

事件は唐突に起きた。

中庭に面した部屋を宛がわれた唐沢さん達の班は、畳の部屋に寝転がっていた。

家にはない二段ベッドに興奮して登り降りしている子もいれば、青々として藺草《いぐさ》の香りも新しい畳を堪能している子もいる。

思い思いに消灯までの自由時間を過ごしていた、そのときである。

唐沢さんの当時の親友が、突然言葉を切った。

その直前まで特撮ヒーローの真似事で盛り上がっていたが、決め台詞を唱える途中に声が途絶えたので、台詞をど忘れしたのか、と思った。

が、違った。

親友は突如として叫声を張り上げた。

「せきねんのっ、うらみ！」

「えっ、何それ。そんな台詞あったっけ」

親友は周囲の軽いつっこみを意に介さない。

そして唐沢さんの肩を掴み、繰り返した。

「積年の、恨み！」

唐沢さんを乱暴に引き倒し、畳の上に転がす。

倒れた彼の頭を躊躇なく足蹴にする。

首から上がもげてしまうのではないか、と本気で覚悟した。

「積年のォー！　恨みィー！」

それだけを繰り返す。

さすがに驚いた同室の同級生達が親友に組み付いたが、およそ子供の力とは思えない剛力でそれを振り払った。

このままでは殺されてしまう。唐沢が死んでしまう。

彼らは真剣にそれを懸念し、同級生の一人が教師のいる部屋へ走った。

顔の形が変わるほど蹴られ、殴られ、だんだん意識が混濁し始めた頃に、

「何やってんだ！　やめなさい！」

という、教師の叫び声が聞こえた。

同級生の証言と唐沢さんの証言を突き合わせると、
〈何故か突然暴れ始めた〉
それ以上でもそれ以外でもない。親友は突然豹変したのだ。
殴られる理由は何処にもない。
親友は特に腹を立てていた訳ではなく、当人すらも何故唐沢さんに殴りかかったのかも
よく分からない、と首を捻る。
親友含め、当事者の誰にも理由が分からないのだ。
結局、何も分からないまま有耶無耶《うやむや》になった。
できたばかりの施設を最初に使わせてもらっているのに、暴力沙汰が起きたなどという

のは外聞が悪い。だから、「ちょっと行き違いがあったが、仲直りした」ということにした、らしい。

＊

それからまた年月が過ぎた。

唐沢さんは大人になり、地元で職を得た。そして妻を娶《めと》り、子を授かった。

子供時代から過ごした土地であったが、自分が親になるのもあっという間だった。

時は過ぎ、唐沢さんの息子さんも小学生になった。

「パパ、今度ね、僕らの学校で林間学校に行くんだって！」

息子さんは随分と楽しみにしているようだ。

「へえ、何処に行くの？」

学校からのお知らせのプリントを見て、唐沢さんは息を呑んだ。

あの施設だった。

子供の頃のあの事件は、原因は一つも判明しなかったが、唐沢さんはあれから何年もその理由を考え続けた。

結果、思い至ったのは「自分が、あの村に出自を持つ末裔だったから」というものだ。

祖母が長年暮らし、自分も一時期そこにいた。

村に伝わる伝承では、彼の武将は村人に、その子孫に長く連なる恨みを抱き続けている、ということになる。

今はあの村の跡地に暮らしていない、自分はその当事者じゃない。

そんなことは、恨む側には無関係だ。

あの日、親友は「積年の恨み」と繰り返し、襲いかかってきた。

自分が恨みの対象であるなら、繋がりはそれしか思いつかない。

そしてそれが血を理由としているなら、それは唐沢さんの息子にも引き継がれている可能性がある。

だから行かせたくなかった。

「妙な話をするが――」

奥さんに事情を説明した。

おかしなことを言っているのは分かっている。だが、実際に子供の時分にそういうことがあって、良い思い出がない。偶発的な出来事ではあったが、再現性があるような気がしてならない。

だから、行かせたくないんだ。村人の血が、俺の血が流れてる子だから。

「あなたがそれほど気にしているなら」

奥さんは必死の訴えにどうにか折れてくれた。

だが、息子さんには通じない。

「パパと僕は関係ないじゃん！　僕はそんな村に一度だって住んだことなかったんだし」

そう言って、ブンむくれる。

説得はならず、迷信めいたことを今どき言うな、と子供に諭される始末。

結局、唐沢さんの心配を押し切って、息子さんは林間学校に行くことになった。

林間学校への出発数日前になって、仕事中に奥さんから電話が掛かってきた。

「おう、どうした」

「うちの子、林間学校に行けなくなったわ」

聞けば、自転車で怪我をしたのだという。

自転車がふらついて、側溝に填《は》まった。そのまま転倒して骨折。

命に関わるような大事にはならなかったものの、腫れが引くまでは当面安静にせねばならず、介助も得られない施設への宿泊については医師の許しが出なかった。

息子さんは随分ブンむくれ、自転車事故そのものは誰のせいでもない自分のせいだから、と落ち込んだ。

「人生、そういうこともある」

そのように慰めたが、当初の要望通り息子さんがあの施設に行けなくなったことに、唐沢さんは内心少しだけ安堵していた。

「ところで、一体何処で転んだんだ」

「うーん、近所に合戦の石碑があるじゃん？　その近くで」

近くというより、石碑があった場所の目前で自転車は制御不能になり、引き倒されるようにして転んだのだ、という。

もし、あのまま施設に行っていたら、それはそれで大事になっていたのは間違いない。

骨折も大事と言えば大事だが、〈積年の恨み〉から逃れるのに骨折一つで許してもらえたなら、小事で収まったと言えなくもない。

そうそう。

この宿泊施設は、前述の「出る部屋」に登場したのと同じ施設とのことだった。

つまり、〈積年の恨み〉とやらは、未だ晴れていないことになる。

件の武将はキリシタン——クリスチャンである。

嘘か実《まこと》か、その死は往事の教皇に惜しまれ、欧州では武将の死後、彼を主人公とした音楽劇が作られたという話もある。

この武将がアウグスティヌスの洗礼名を持つ熱心なキリシタンであったことは疑いはないし、自殺せず斬首された最期にも、キリスト教の教えに従順であろうとしたことも記録に残っている。

天国に行くために切腹（自殺）を拒んだほどの敬虔《けいけん》な信仰の徒が、数百年続く呪い・祟りを残すものなのか？

……あの村に恨みを抱いているのは、本当に彼なのか？

一年と七人

夜中に、ふと目が覚めた。

夜明けにはまだ大分遠い。

隣には、娘をかき抱くように倒れ伏した母が寝息を立てている。

昨夜、自分を寝かしつけてくれたときの姿勢のままなので、そのまま寝入ってしまったのだろう。

暗い部屋の中には、幼い自分と母。

それ以外に目がある。

室内に。天井に。そして窓の外からも。

幾つもの目が、自分を見つめている。

自分に後ろ暗いことは何もないのに、射竦《いすく》められたように動けない。

自分は、向けられた眼差しに恐れと不安を抱きながら、母が目を覚ますのを待ち焦がれている。

夢ではない。

確かにはっきりと覚醒している中で、それを見た。

ただ、それがいつのことなのか分からない。

明確な記憶と、混濁した記憶が入り交じる。


記憶の中の母は、今よりもずっと若い。

幼かった自分も、その頃よりは大分歳を重ねた。

だからこれは以前あった、いつかの記憶なのではないかと思う。

思い出したそのことを母に話してみた。

一笑に付されるかと思って、軽い気持ちで話した。

が、母は笑み一つ浮かべず、しかし娘の記憶を頭ごなしに否定することもなく、その記憶についての話を受け止めた。

そして、暫しの沈黙。

「……昔、東京に出てくる前に、うちの一家は高知のほうに住んでたんだよね」

＊

水野さんが幼い頃、一家は港町で暮らしていた。

近くに大きな川があったのは、朧気《おぼろげ》に覚えている。

そこでは一軒家を借りていて、両親と自分、家族三人で住んでいた。確か、三歳か四歳の頃だ。

ただ、水野さん自身の記憶は曖昧で、当人には思い出せないことのほうが多い。

故に、以下は水野さんの母が語る昔話で補完していくことにする。


暮らしていた家の隣に、水野さんよりも一、二歳ほど年上の男の子がいた。

彼女は小学校どころか、幼稚園に上がるかどうかという年齢である。行動半径は未だ狭く、家の周囲をよちよち歩き回るのが関の山のはずだが、この年嵩の幼馴染みには非常に良くしてもらっていた。

幼馴染みというより兄貴分のような感じで、二人はいつも一緒に遊んでいた。

水野さんは、その都度「今日はトンボを捕った」「今日は一緒にアニメを見た」と、一日の楽しかった出来事を夕食の席で母親に報告してきた。

母は、娘が一日どのように過ごしていたかを幾許《いくばく》か知ることができた。

あるときを境に娘の様子が変わった。

昼間、何処かへ遊びに行き、楽しげに一日を過ごして、それから帰ってくる。そこは以前と変わりない。

しかし、恒例になっていた「楽しかった今日の出来事」を母に向かって話さなくなった。話はする。だが、その相手は家の壁である。

帰宅し、サンダルを脱ぎ散らかして家に上がり、いの一番に壁の前にすっ飛んでいってしゃがみ込み、そこで壁に向かって報告を始めるのだ。

「あのね、今日はね、おはじきとかしたよ」

「今日はかくれんぼした」

「綺麗な貝殻を拾ったよ」

報告内容は他愛ないもので、以前と同じような事柄ばかりだ。

だが、何故壁に報告するのか。

訳が分からなかったが、この年頃の子供は想像力が豊かだし、想像上の友達――現在で言うイマジナリーフレンドというものではないか、ごっこ遊びの延長なのではないか。

この時点での母はそのように納得していた。

ところが、次第に様子が変わってきた。

ある晩、母がふと目を覚ますと隣に寝かしつけたはずの娘の姿がない。

お手洗いにでも起きたか。

すると、室内の薄暗がりから娘の声が聞こえてくる。

「それでね、晩ご飯はハンバーグ。おいしかった」

誰かに話しかけている。

こんな夜中に、一体誰と。

身を起こして様子を窺うと、娘は暗い部屋の中で壁に向かって語り続けていた。

母は、娘の変容が次第に恐ろしくなってきた。

自分一人で手に負える範疇《はんちゅう》を超え始めている。

夫は頼りにならず、しかし頼れる親族も近場にはいない。

水野さんは一人目の子供であったので、この年頃の子供にとってありふれた振る舞いなのかどうかも分からない。

困り果て、近所の知人にポロリとこぼした。

「最近、娘が夢遊病みたいになっちゃって。夜中になると壁に話しかけたりするの」

想像上の友達とかそういう——と言葉を繋ごうとしたところ、知人は眉を顰めた。

「……それ、ちょっとおかしくないかい？」

病気とか、そういう類の異変ではないのでは？　と言う。

病気でなければ何なのか。

知人は、声を潜め、しかし真剣な面持ちで続けた。

「もしかしたら、お医者さんじゃ手に負えない話かもしれない。もちろん、取り越し苦労ならそれが一番いい。あんたは眉唾だと思うかもしれない。でも、騙されたと思って、一度相談に乗ってもらってみてはどうだね」

知人に紹介されたのは、「拝み屋」を生業とする老婆であった。

本業は別にあるのだとか、いや拝み屋が本業なのだとか、そこの辺りはよく分からない。

四国にはたまに、そうした拝み屋とされる人々がいることがある。それは、職業ではなく、かといって何らかの宗教上の役職という訳でもないらしい。

それこそ、神秘性とはおよそ無縁な何処にでもいる普通のおばさん、お婆さんにしか見えないのに、超常的な困り事について心強い導き手となる。表だって口の端に上ることは稀だが、それでもそうした役割の人々が地域の日常の中に溶け込んでいる。

母は幼い水野さんを連れて拝み屋の老婆の許に向かった。

「あの、御紹介いただいた水野ですが……」

玄関口で一声掛けたところ、奥から矍鑠《かくしゃく》とした老婆が顔を出した。

そして、母の陰に隠れる水野さんを見るなり、目を見開いた。

「アカンわ」

「えっ、何かいけなかったですか」

「この子、厄介なぁ《なの》に魅入られちょる」

いいから上がりなさい、と促され、母子は座敷に通された。

「この辺りには、人を引き込む死人の群の伝説がある」

「はぁ」

「引き込んだ者を自分の身代わりにして、入れ替わる。死人は成仏し、群に引き込まれた者は新たに別の誰かを誑《たぶら》かす。そうやって、次々に誰かが引き込まれる。そういうタチの悪いことをしよる」

「引き込まれた者はどうなりますか」

「そら、死人の仲間に引きずり込まれるんじゃ。死ぬに決まっちょる」

「え」

「しっかりせえ。おまん《あなた》、この子の母親じゃろうが。このまま置いたら、この子はあっちに引っ張られていって、死んじまう。何処の誰とも知れん死人が一抜けする代償に、この子が連れていかれてええんか」

母は首を振った。

それが事実なら、とんでもないことだ。しかし、到底すぐには信じられない。

「本当にあるんですか。そんなこと」

「あるから言うちょる。この集落にゃ、毎年ある。昔話とか、噂話とか、そういう話じゃない。去年も一昨年もあった話じゃき。魅入られた子がここに連れてこられたら、まだエエ。儂が何とかしてやれる。やけん、連れてこられなかった子はアカン」

「どうなります」

「大体、一年くらいで亡くなる」

母は絶句した。恐ろしさのあまり言葉が形を成さない。

「何とかせにゃアカンが、できることはある。ようけ間に合って良かった」

老婆は隣室に、水を張った盥《たらい》を用意した。

飯櫃《めしびつ》のような古ぼけた木桶だが、特別なものには見えない。

仕掛けがある様子もない。

盥を畳の上に置くと、老婆はそこに腰を下ろした。

「ほら、手ェ出しな」

老婆に促されて盥の傍らに座った水野さんは、おずおずと右手を差し出した。

皺《しわ》くちゃな手が水野さんの細い手首を握り、盥の中に沈めた。

「そのまま、パーって広げて手ェ動かさんようにしときんさい」

言われるがままにジッとしていると、異変が起きた。

水野さんの手のひらから……いや、指と指の股の間から、何か白い紐状のものが出てきた。糸よりは太く、縄よりは細い。関節らしきものはなく、生き物のようにも見えない。

紐としか言いようのないそれは、まるで指の間から生み出されているか、そうでなければにゅるにゅると絞り出されているかのようにも見えた。

かつて、西日本の奇習で「虫抜き」というものがあったらしい。年端のいかない子供から、疳《かん》の虫を抜くための秘技として行われる、というような話を幾度も聞いたこともある。

水桶や盥に沈めた指から細めのうどんのようなものがどんどん出てくる様は、それにも似ていたが、太さが段違いだ。

母子が呆気に取られて見守る中、一頻り紐がひり出されて一段落した。

それを見て、老婆はウムと頷いた。

「まあ、こんなモンじゃろう。ただ、これは一時的なモン。長く効き目が続くモンではない。必ず大丈夫、とも言えん。じゃから、これから一年間が勝負」

「一年……」

「ほうじゃ《そうだ》。アンタがこの子の様子を見んさい。エエか、一年じゃ。目を離したらアカン。絶対に守り抜いてやりんさい」

老婆は、覚悟を決めろ、と言い含めた。

母は強く頷いた。

＊

それからおよそ一年の間、水野さんに大きな害はなかった。

壁に向かって話しかける奇行は落ち着きを見せ、隣の男の子との遊びを報告する相手は以前のように母に戻った。

屈託なく笑い、娘は日々を楽しく過ごしている様子だった。

当初は半信半疑であったが、娘が平常に戻ったのであれば言うことはない。

あのお呪《まじな》いは何らかの効果があった、ということだろう。

拝み屋の老婆と約した一年という目安も、近付きつつある。

このまま、何事もなく逃げ切れればそれでいい。母はその日を待ち焦がれた。


そんなある日のこと。

「おかあさーん」

水野さんが母に声を掛けた。

「友達と遊んでくる！」

娘が「友達」と挙げるとき、相手は隣家の男の子である。

水野さんを妹のように面倒を見てくれる彼にも、この一年随分と世話になった。母の目が届かない時間を見守ってくれる娘の幼馴染みには、いつか機会があれば礼をしたいくらいだ。

気を付けて、と娘を見送って——一時間もしないうちに、それは起きた。

——ドン！

前触れなく玄関の扉が開いた。

ノックも声掛けもなかった。

何事かと飛び出すと、隣家の主人——娘と一緒に遊びに出かけたであろう男の子の父親が立っている。

全身ずぶ濡れで、その懐に娘が抱かれていた。

娘もまた濡れ鼠のようになって震えている。

「何が……」

「申し訳ねえ！」

母の問いかけを遮って、隣家の主人は頭を下げた。

「お宅の娘さん、川に落ちてた。すぐに引き揚げたが、とにかくまずは風呂に入れてやってくれ。事情はその後、話す」

娘をひったくるように引き継いだ母は、風呂場へ走った。

湯船に湯を貯めつつも、事情が分からず混乱する。

この子が川で溺れたのだ、とは分かった。

隣家の主人はそれを助けてくれたのだろう。それなら娘の恩人だ。

その恩人が、助けてくれたであろう人が、何故謝るのだ。訳が分からない。

娘の紫色の唇がうっすらと紅色に戻るに従って、母は動転していた心に落ち着きを取り戻した。

風呂から上がった娘を丁寧に拭いてやり、布団に寝かしつけた。

風呂に入れた時点で娘に意識はあり、意思疎通にも特に問題はないようだった。しかし、尋常でなく疲れているようで、無理に事情を聞き出すのは難しそうだった。

「それで、何があったんですか」

そう問う間にも、隣家の主人は畳に頭を擦りつける勢いで平伏していた。

「ついさっき、配達帰りのことだ――」

隣家は自宅で商売をしている。

主人はその配達の仕事で近隣を回っていたのだという。

自分の息子と隣家の幼い娘がいつも仲睦まじく遊んでいるのは知っていた。歳の近い幼馴染みが近隣に少ないこともあって、他に遊び相手がいないのかもしれない。

主人もまた、平素から子供達の様子を何かと気に掛けてはいたようだ。

この日は、息子と水野さんの二人が、川縁で遊んでいるのを見かけた。

少々大きな川ではあったが、川縁で虫を追うくらいなら問題なかろう。そう思って一声掛けようとした、そのとき。

――ドボッ。

鈍い水音とともに、幼い水野さんが川に落ちた。

否、主人は目を疑った。

隣家の娘は川に落ちたのではない。我が息子が、幼い少女を川に突き落としたのだ。

その一部始終を主人は目撃し、絶叫した。

娘は浮き沈みしながら、次第に川底に沈んでいこうとしていた。

息子はそれを眺めて、ただニヤニヤと笑っていた。

主人は全てを放りだし、川へ飛び込む。

川はさほどの深さはない。そう思っていたが、思いのほか深さがあった。

それでも流れを掻き分け、水野さんの腕を掴み、川から引き揚げた。

息子はニヤニヤしながらぼんやりしている。

主人は、川から揚がりつつ、息子を怒鳴りつけた。

「おんしゃ《きさま》、何しちょるか！」

拳で殴りつけたが、息子は何故自分が殴られたのか分かっていないようだった。

「おんし、この子を川に落としたろうや！　やってエエことと悪いことの区別も付かんか！」

「知らん！　俺そんなことしちょらん！」

「何抜かすか！　父ちゃん、一部始終見ちょったぞ！」

隣家の息子は必死に抗弁し、隣家の主人は猛然と叱りつけるのだが、息子は自分のしでかしたことについて自覚がないのか或いは覚えてもいないようで、全く話が噛み合わず押し問答になった。

「説教の続きは後だ。まずはこの子を家に届けて、親御さんに謝らにゃいかん」

息子を一旦家に帰らせ、その足で水野さんを送り届けにきた、ということらしい。

「とにかく、うちの馬鹿息子がとんでもねえことをしでかした。俺が通りかからなかったら、あいつはお宅の娘さんを見殺しにしていたかもしれねえ。何事もなかったのは結果論だ。取り返しの付かねえことになるところだったが、申し開きは何もできねえ。本当に申し訳ねえ。謝って許されることじゃねえが、本当に申し訳ねえ」

魂が抜けるほどの驚きと、ずぶ濡れで土下座を続ける隣家の主人に気圧されて、母は言葉に詰まった。

娘の命は本当に間一髪だったのだ、という事実が足下からじわじわと這い上がってくる。

このとき、ある記憶が鎌首を擡《もた》げてきた。

それは信頼していた幼馴染みの男の子への怒りよりも強く、母の意識を支配する。

『一年だ。これから一年間が勝負。目を離しちゃアカン』

一年前、拝み屋の老婆に言い含められた。

死人が身代わりを欲している。娘を殺して死人の一群に引き込み、代わりに自分だけのうのうと成仏しようとする輩がいる、と。

もうじき一年だと思っていた。

しかし、逃げ切れてはいなかった。

魅入られ、狙われ、未だ標的とされたままであっただろうことを思い知らされた。

隣家の主人については、一旦は許した。

男の子の仕打ちは許し難い。だがそれも、件の〈何か〉に魅入られてのことであるように思えた。本当にすんでの所ではあったものの、幸いにして隣家の主人に救ってもらえた。

全ての蟠《わだかま》りが消える訳ではないが、恩もある。

「助けていただいたのも確かです。だから、貸し借りなしとしましょう」

と主人を許した。

ただ、男の子と今後も遊ばせるかどうかについては、保留とした。

その日の夕方、母は帰宅した水野さんの父に、事の次第を話した。

全てを一人で抱え込むのは無理だ。

「……そうか。うちの子は無事なんだな?」

「水も飲んでないみたいだし、風呂にも入れて温めたし。とにかく、死なせずに済んだみたいよ。一年って言われてたのに、あともうじきだ、って油断してた」

「見守るちゅうて、一日中一緒にいる訳にもいかんしな。君はよく頑張ってくれとる。大丈夫だ。まだ心配だが、うちの子が連れていかれなくて、まずは良かった」

＊

その翌日のこと。

町内がやけにざわついている。

昨日の今日なので、母は今日一日は娘のそばに付いていてやろうと決心していたが、それを破るかのように、町内会からの知らせが飛び込んできた。

「水野さん、急だが手伝いをお願いできんかね」

「何事です？」

町内会からの使いは口籠もる。

「二丁目の角の広瀬さんおるじゃろう」

水野家と同じブロックにある家だ。

「今朝、そこんちの娘さんが亡くなっちょったそうじゃ」

確か、水野家の長女より少し年上くらいの女の子がいたはずだ。
たまに姿を見かけたが、少なくとも昨日までは本当にピンピンしていた。
それが、突然倒れた。
倒れて起き上がってこないので様子を窺ってみたら、事切れていた。
病歴がまるでない子供だったので、全く思い当たる節がない。
両親は、突然のことに魂が抜けたようになってしまって、今は何もできそうにない。
「病院から遺体が帰ってきたら、今日のうちに通夜をしないとならんき。悪いが頼む」

*

件の少女の死を受けて、母は神経を張り詰めた日々を過ごした。
ぴったり一年、ということではないのだ。一年は目安に過ぎない。
拝み屋の老婆に相談をしてから、一年と少し過ぎた。
幾らかの余裕を見て、母は再び拝み屋の許を訪ねた。
この一年のことを老婆に詳《つまび》らかにする。

娘が川に落とされ死にかけたこと。

その翌日、近所で別の少女が突然死したこと。

すんでのところで、どうにか逃げ切ってきたこと。

「おまんの子を連れていきたかったんじゃろう。じゃけん、連れてはいけんかった。術が効いちょったし、気に懸けてくれちょった《てぃた》モンもおったしで、その子の守りが厚かった。それで、痺れを切らしたんじゃろなあ」

とにかく誰かを殺して連れ去り、入れ替わろうとした。

だから、水野さんの家の近くにたまたまいた、歳の近い別の女の子を連れ去った。

「あの……これで、うちの子はもう大丈夫なんでしょうか」

「分からんな。この一年は乗りきったが、この土地におる限り絶対とは言えんでな。あれは土地に憑きよる何かじゃき」

「土地に……」

そうだ。一年待てば解放されるなどと、誰も約束などしていなかったではないか。

母は限界を自覚した。

「それで、こりゃもう無理だ、って思ったのよ。お父さんとも相談して、これ以上この土地にいたら、いつか必ずお前は連れていかれちゃうだろうってなって」

＊

家族はこの地を離れることに決めた。

できるだけ遠く、海を渡るほどに遠く。

また何かが起きたとしても、できるだけ多く歳の近い身代わりがいそうな、できるだけ人口の多そうな大きな街へ。

父は仕事を変え、母は地元を捨て、そうして一家は西東京の住宅地の一角に越してきた。

東京に来てから、水野さんに奇行はない。

壁に向かって話し始めることはないし、近所に溺れるほど深い川もない。

もしかしたら、誰かが身代わりに死んでいる可能性は否定しきれないが、四国の田舎町とは違う。近所付き合いもそこまで濃密ではないから、近所で誰かが死んでいたとしても、良くて回覧板一つ回ってくるかどうかで、入れ替わりの激しいアパートやマンションの住人のこととなれば、およそ分からない。

誰か一人、生者を一群に引き込んで、引きずり込むことに成功した死人は成仏して一群を抜ける。入れ替わりの贄《にえ》を求めて、死人の一群は身代わりを探し続ける。

そう、これは――〈七人ミサキ〉の物語である。

水野さんも今や不惑を過ぎた。

彼らが水野さんへの執着を未だ捨てていないのかどうか、確かめる術はない。

あとがきに代えて

最近は外に出かける機会も減り、フィールドワークが思うようにできないため、ネットを使って皆さんから怪談蒐集を行うのがメインになりました。

そんな中、お送りいただいた話に、興味を引く話がありました。

それは九州の不動産屋Mさんから頂いた話でした。以前、ある賃貸マンションの賃貸管理を年配のオーナーから任されていたそうです。マンションはおしゃれでファミリー世帯に向けて建てただけあって、十分な部屋数と広さを持ってました。

ところが そのオーナーが認知症を患い、色々支障が出てくるとその息子がオーナーに就任し、元オーナーの父親を空いているマンションの一室に一人押し込み、一日二度の食事を届けるだけで、ろくな面倒も見ないまま放置したそうです。

当然部屋は掃除もされずゴミ屋敷となり、ある日父親はゴミの中で死んでいたそうです。業者を呼んで、すぐに部屋の掃除とリノベーションを行いましたが、匂いはいつまでも取れず、その部屋は貸し出しても誰も入らない部屋になりました。

やがて他の空室の窓ガラスが割れていても、ベランダにゴミが放置されたままになっていても、修繕されなくなりました。

オーナーに話しても、オーナーの会社が傾いてきたせいか改善されませんでした。これでは駄目だと思ったMさんは、賃貸管理から手を引いたそうです。

一年後、そのマンションへ行ってみると、オーナーの会社は倒産しており、隣に建っていたオーナーの豪邸はなくなっていました。更にボロボロになったマンションを見るとその足下には、以前にはなかった小さな木造の祠が建っていました。

気になって確かめてみると、それは亡くなった元オーナーを弔うものでした。

「父親にひどい仕打ちをした報いだと気づいたときには、手遅れだったんでしょうね」

Mさんはそう話してくれました。

亡くなった元オーナーは、最期に部屋の中でどんなことを思ったのでしょう？　消えゆく記憶と意識の中で、息子に向けての呪詛を呟いていたと思うとゾッとします。

いずれフィールドワークを再開したら、このマンションにも訪れてみたいと思います。

また次の本で皆さんとお会いできることを、楽しみにしております。

西浦和也

あとがき、または遺言の下書き

怪談の世界は人の移ろいが激しく、「あんなに活躍していた人なのに」というようなスタープレイヤー的執筆者が気付いたらいなくなっている、ということはしばしば起きます。多くの場合「もう書くことがなくなった」か「モノカキとしてランクアップし、怪談を書かなくてもよくなった」という、昇華や栄転みたいな理由で引退や卒業をされていくんですが、そうではなく「消息不明」になってしまわれた方もいらっしゃいます。インターネットの発達以前は特に顕著で、気付くと連絡先が分からなくなっていたり誰もその後を知らない、なんていうケースもままありました。それを考えると、二十数年公私に亘って付かず離れずの付き合いが続いてきて、何かとおもしろい話を持ちかけて下さった西浦和也さんは、僕にとって怪談界に於ける貴重な現役の盟友の一人だよなあ、と思っています。

さて、怪談界には「顔を合わせると怪談ぶっぱなし続ける人」というのが何人かおられまして。これ、仕事とかそういうのと関係なく、口を開くと怪談ばっかり語っている、という……稲川淳二さんや神沼三平太さんがその代表格なんですが、西浦和也さんも相当です。何度か「同業者の怪談は、聞いても僕が書く訳にいかないから、僕が怖くなり損じゃないですか！　勘弁して！」とかぼやいたこともあったんですが、そのくらいには西浦和也さんは「生きて呼吸している間、ずっと怪談喋ってるような人」なんですよね。

そんな西浦和也さんですが、一昨年くらいから彼の著者としてのリブートを模索していました。彼は過去に何度か大病をされていて、人食いバクテリアにやられて一カ月間、足の傷口を開いて洗い続けたとかいう身の毛もよだつ大病をされたこともありました。今度は「キーボードに向かうと吐いてしまって書けない」という相当ヤバい状態に陥っている、と。このまま西浦和也さんの蒐集された話が紙に残らずに終わるのは、どうにも耐え難い。

そこで、竹書房編集部とも検討の上で「北野誠さんの『おまえら行くな。』のように西浦和也さんが語って僕がそれを聞いて書く、ってのはどうです？」と御相談させていただき、どうにか実現にこぎ着けた次第です。彼と同い年の僕も、残りの寿命を考えるとそろそろいい歳なので――ということで、書籍タイトルも大分攻めたものになりました。

今回も僕の原稿執筆作業中に西浦和也さんが倒れられて、心臓手術で入院コースに突入されていましたし、万一のことがあったらどうしようと本気でビビっていました。が、何とか無事完成にこぎ着けられました。盟友が生きた証を残す一助になれていれば幸いです。

いや、死んでないけど！　僕も西浦和也さんもまだ生きてますけど！

二〇二四年秋　　加藤一

★読者アンケートのお願い

応募フォームはこちら

本書のご感想をお寄せください。アンケートをお寄せいただきました方から抽選で５名様に図書カードを差し上げます。

（締切：2024 年 11 月 30 日まで）

遺言怪談 形見分け

2024 年 11 月 5 日　初版第一刷発行

取材著者 ……………………………………………………………… 西浦和也
執筆著者 ………………………………………………………………加藤 一
カバーデザイン……………………………………………… 橋元浩明（sowhat.Inc）

発行所 ……………………………………………………………… 株式会社　竹書房
〒 102-0075　東京都千代田区三番町 8-1　三番町東急ビル 6F
email: info@takeshobo.co.jp
https://www.takeshobo.co.jp
印刷・製本……………………………………………… 中央精版印刷株式会社